讓我們說母語

王蜀桂 著

台灣原住民文學18

目次

〈自序〉台灣的歷史不會忘記他們

著名的音樂學者許常惠教授，在「台灣原住民音樂記實」出版前的一段話「我不能不感慨：對於我們重要的文化資產，我們自己竟如此的不重視！無論光復前或光復後，爲何都由外國政府機構或私人企業領先出版？我們的文化政策、文化資產保護法在那裡？對於逐漸消失的民族音樂資產竟置之不理！」我深有同感。而只要將「音樂」改成原住民語言，許教授的感慨也絕對正確，當德國政府肯提供高額獎學金，給研究台灣瀕臨消失的語言學者，可是台灣政府當局，何曾將關愛的眼神，投給即將乾涸的原住民語言呢？

五年前，我爲中國時報寶島版寫報導，由於是全國版，我很快的將注意力移到原住民身上，因爲居於台灣最弱勢的原住民，是我有限的職業生涯中，主要的服務對象。也因爲對生活在都市的原住民服務，我在許多部落中，有交情廿多年的朋友，因此寫起原住民，自然比才認識的人深入。當社會大眾開始注意原住民文化時，我從訪問過的外籍神父修女身上讀到一件令人心痛的事實——在部落裡，原住民語言面臨消失的危機，因爲孩子都不喜歡說或聽母語。

他們是原住民母語的守護者

也就在政府通過母語教育後，讓我突然發現，當政府開始重視時，代表該語言滅絕的危機加大。所以我開始思索原住民語言的問題，同時也發現日本時代的學者到山地部落，多半採蜻蜓點水式的做研究，他們必須借重原住民報導人的翻譯，由於認知的差距，相信其中的錯謬不少。反觀民國四十多年後進入山地的各國神父，他們和原住民一起生活數十年，原住民語言說得極佳，甚至勝過大部份原住民。他們對原住民社會、語言、文化的觀察及研究，自然比日本學者的調查來得可靠。

了解原住民信仰的人都知道，山上除了天主教外，至少一半以上的人是基督教教友，爲什麼只記錄神父的工作，而不提基督教的貢獻。以我三年多的了解，基督教最重視聖經，各族的聖經（只限新約）多已譯完，有些族的聖經是天主教與基督教共用（如阿美族、雅美族），魯凱族這兩年正翻譯聖經，也是兩教合作。

聖經公會翻譯原住民聖經，投入不少人力與物力，由於以實用爲主，領導是精通某族語言的外籍人士，而本族傳教士爲助手，算是集體創作。然而會說媽媽的話，不代表合於語言學的要求。再說研究語言、文字的學者，無法從原住民語聖經，得到學術資訊，是我放棄他們的理由。

而基督教會傳教，一直以本地化爲原則，所以對栽培本地人的工作很重視，山地教會的牧師，幾乎都是當地的原住民。本地教會由本地人負責的傳統，對有家庭負擔的牧師，一方面忙著教會的工作，另一方面因教友窮困，奉獻有限，因此沒有餘力研究母語，何況他們多半沒有學術素養，加上基督教對異端、偶像的反對，以致視原住民傳統信仰爲邪魔，必鋤除爲快，直到十多年前，阿美族豐年祭的歌舞會場，經常出現牧師突擊舞場，將不守教規的教徒抓回。

天主教本土化鼓勵神父研究

坦白說：原住民傳統文化的急速消失，除政府的無知外，一神信仰的基督宗教是另一個禍首。幸運的是，民國五十一年起，教宗在羅馬召開的大公會議，主張教會禮儀本地化，從此天主教的神父開始重視原住民的傳統文化及語言，這也是許多部落，對傳統祭典的維護，以天主教教友較熱忱。難怪民族意識強，及重視傳統的原住民，多信奉天主教。

外籍神父當年推行——以羅馬字拼原住民語音的教育，卻因統一語言的政策，備受警政單位注意，神父冒著被取締或驅逐出境的危險，偷偷的指導教友學會拼音的母語。在花蓮、台東傳教的法國、瑞士神父的堅持，以及「天高皇帝遠」的地理環境，使得花東地區的原住民，會讀母語的人不少。反觀西部，有心的神父，卻因警總及內政部管制嚴厲，根本沒有機會教導教友。我在新竹縣的教堂，發現他們以往以日文五十音拼母語，後來改成注音符號拼音。

語言學者表示，原住民語言以注音符號拼音，最不正確，可是最安全。這也是基督教聖經公會出版的原住民聖經，有些以注音符號拼音，理由就是「避免政治的干擾」。

我從民國八十一年開始尋找爲原住民語言、文化留根的神父，其中的艱辛不足爲外人道。因爲以往官方的敵對立場，使得外籍神父多不願張揚他們的成績，加上他們多躲在窮鄉僻壤默默的工作，把他們找出來，可眞是大費周章。

我是超級大偵探

天主教給大家的印象是有組織、有系統的國際性團體，區區小事怎需要那麼多時間呢？其實，天主教會內的小團體甚多，而台灣的天主教會分七個教區，由七位主教管理。除台南教區沒有原住民教友外，其他教區都有不同族群的教友，又因爲天主教（其督教亦同），在光復後才進入山區，而當年貧困的山地，極需要外界的物質支援，於是經濟情況不錯的外國修會，自告奮勇的進入中國人不願去的山區。

目前在桃園、宜蘭山區以義大利籍的神父爲多；新竹縣山區多半是西班牙及法國神父；苗栗、台中、南投山區是美國神父的天下；嘉義山區爲德國神父；高雄、屏東山區爲西班牙神父；花蓮地區是法國神父，台東地區是瑞士神父。至於這些神父分別屬九個不同的修會，其中的複雜對一般的非信徒，很不容易理清，在此只好省略。

或許因爲以往神父們在暗中做此研究，唯恐見光死，除非他們的教友及親近的神父，別的教區神父多數不知道，僅打聽就得費不少功夫。以桃園縣復興鄉巴義慈神父，我認識他有廿多年，居然不知道他對泰雅族的語言及文化有極深的研究，幸虧新竹一位教友通告，否則失之交臂。此外，許多外籍神父，當年都吃足警調單位的苦頭，他們不輕易曝光，當然也不願接受訪問。

然後，我又曉得這些神父年歲已高，至少都有一甲子，我想，如果不趕快將他們的工作記錄下來，日後研究台灣原住民語言的學者，因爲不知道前人的成果，要走許多冤枉路，是人力物力的浪費。而在推行母語教學的時代洪流中，我想讓有關單位知道高人在何處？總比大海撈針強。而這項爲原住民語言、文化留根的記錄及報導，環顧國內的寫作者，眞有「捨我其誰」的使命感。

在寫作路上向來心虛的我，爲何如此大言不慚呢？老實說，對我有利的條件多——我家是傳統的天主教家庭，我的工作都是在教會圈打轉，換句話，我在教會內的人脈甚廣。其次，我為原住民服務的經驗，使我和神父們很容易溝通，他們也容易信任我。當然，最重要的是，我沒有生活的壓力，我有時間及金錢做自己感興趣，又有價值卻吃力不討好的傻事。

感謝助一臂之力的神父們

寫到這裡，我首先要感謝袁國柱神父，當我告訴他我的計劃時，他馬上支持，並且告訴我幾位人選，讓我順利的開展此工作。我也感謝白冷會的歐修士、巴黎外方傳教修會的馬優神父，瑪利諾會的吳叔平神父，以及聖言會的溫安東神父，沒有他們的幫助及背書，我想資料的掌握，不可能如此正確。

記得我第一個訪問的對象是瑞士籍的艾格理神父，他因常年在瑞士大學教授「排灣語」，很少回台灣。我的運氣不錯，只等一個月他就回台，算準他已在台東的日子找艾神父，沒想到他拒絕訪問。幸好我先後在寶島版，報導過該會的歐修士、吳若石神父，在歐修士的保證下，艾神父終於接受訪問。然後我才聽歐修士說：艾神父是最早提出原住民和中國大陸沒有關係，屬馬來人；他又搜集不少排灣族的文物，以及研究排灣族語言，被治安當局警告，民國七十四年返台，差一點進不了台灣大門，所以他對媒體非常敏感。

正如溫知新神父對外籍神父研究原住民語言、文化作的分析，大多數神父都是「土法煉鋼」，因爲有興趣才開始做，我想他們資料準確性高，但是做爲學術論文可能不合格。而少數專攻語言學的神父作品，相信台灣的學者，短期內很難超越。可惜的是，除了巴神父的作品有中文解說，其他神父的作品都是以自己的母語和原住民語言對照，當中以德文記錄最多，想要讀神父們的研究報告，不會第二外國語，根本無福消受。老實說，神父們的作品，對國人並不實用，對學者專家卻是非常好的學術資料。也因爲神父們的記錄，相信原住民的語言不會絕跡。

如果本書將所有原住民語說得一級棒的神父都訪問，我想要比目前多幾倍。和出版社接洽後，選擇有著作的神父，而我又將重心放在聖經及宗教書籍的神父排出，最後只剩下十四位神父。他們研究的語言有泰雅語、賽德克語、布農語、鄒語、排灣語、阿美語等六種。至於魯凱、雅美、賽夏三族，因是少數中的少數，沒有神父留下著作。

他們的一生，奉獻給原住民語言

當我作最後一個訪問，正編寫阿美語字典的博利亞神父，他住在花蓮縣玉里鎮春日里天主堂。就在那天，我兩年前拜訪過，如今已返法國養老的杜愛民神父去世。我從想到這計劃，只要拖半年才付諸實行，我想至少有兩位神父無緣見到。我和時間競賽，居然小贏，幸運！

走訪全省山地拜訪精通原住民語言的外籍神父，最大的感受是原住民不愛母語，已到退休的高齡神父，為原住民語言的未來著急。我擔心外籍老神父上天堂後，神父和原住民語言不再有關。可喜的是：花蓮縣的曾俊源神父、台東縣的曾建次神父、高雄的杜勇雄神父都很努力的為自己的語言及文化奉獻。我相信這種愛鄉、愛土的風氣，會在原住民神父心中萌芽成長，他們一定會接下外籍神父的棒子。

最令我開心的是——今年不到四十歲的蔡恪恕神父，以鄒族研究得到博士學位，他計劃在台中靜宜大學成立原住民語言研究中心，而他的構思居然和我的想法相仿，而我手頭上的資料，讓他減少摸索的時間。雖然我只做橋的工作，內心仍覺得很興奮。

在母語抬頭的今天，我也體會時代洪流下，少數民族的語言，遲早會消失，就如許多神父的感嘆「這些都沒有用，以後只好放在圖書館」。在它們消失以前，讓台灣人曉得，又是一群外籍傻子，為台灣原住民語言、文化留下珍貴的記錄，我們怎麼不慚愧呢？

我想，台灣的歷史，不會忘記這些可敬的外籍神父！

〈後記〉

當我將「讓我們說母語」的稿件交給出版社後，總覺得還有些話要說，正巧是聯合報文學獎的徵文期，於是我將南島語系的情況及神父們的研究，做有系統的報導，以「南島語系的最後知音」爲題。沒想到竟得到今年報導文學獎，可見我們已開始重視，眞正本土的文化。我希望藉著這些記錄，讓我們不要忘了爲南島語系默默奉獻的外籍神父，更不要忘了向他們致敬。

溫知新神父小檔案：

本名：Rev. Friedrich Weingartner

國籍：奧地利

出生：一九一八

學歷：語言學博士

來台時間：一九五二

來台後的經歷：台大外語學院教書

著作：有關漢語研究

連絡電話：(02) 367－0398語言研究所

註：溫神父已走訪全省各地研究原住民語言的神父，能找到的著作他都收集，他的資料對有興趣研究原住民語言的朋友開放。

溫知新神父——爲原住民語言正音

當母語教學進入國中、小學後，在原住民地區引起許多紛爭，因爲每個部落都自認是「標準族音」，對教材的發音多加批評。而原住民語言的拼音，以羅馬音標、國際音標或是注音符號，也沒有定論。教育部在兩年多以前，委託從台大退休的語言學博士溫知新神父，調查及研究台灣原住民的語音問題。

奧地利籍的溫神父，到中國已有四十年，能說流利的國語，他的辦公室在耕莘文教院，除了自己做研究，還請了兩位助理，一位研究國語語音，另一位是有關原住民語音研究的夥伴。談到這項研究，溫神父很坦白的表示，以往沒有和原住民交往的經驗，他從北部的泰雅族開始認識，中、北部的泰雅及布農族部落已走過，南部及東部還未去，最近想研究賽夏族的語音。（註：溫神父已和賽夏族人接觸，春假期間他到東部。）

到原住民部落做語音調查

溫神父的語音調查是按字彙的難易，找出兩百四十個單字，到各部落請原住民的男女老少以母語說出，民衆邊說神父邊錄音。這項工作並不好做，因爲原住民白天要上山工作，而許多部落因信仰的不同，彼此不來往，如果選錯教堂，原住民不易配合。溫神父在南投縣信義鄉羅娜村就有此經驗。他要做布農族的測試，在天主教堂等了三天，沒有一個人上門，後來改在基督教堂，才開始有民衆接受測試。在原住民自覺下，這種測試爲自尊心強的年輕人，不排拒才怪。

資料收集回家後的工作，才是研究的重頭戲，因爲他們先要爲各種年齡層的母語程度做記錄，溫神父說出他們在泰雅族和布農族部落做的結果：廿歲以下的年輕人說母語的能力，在百分之三十以下；廿歲以上～四十歲大約可說百分之六十；六十歲以上的民衆，母語百分之百的沒問題。神父接著又加一句：腦筋好及年輕的原住民，多半移民到平地，他們的母語因少有機會使用，忘得差不多。許多老人家的母語能力相當好，可惜和子孫無法溝通，沒有機會使用，而長期沒有旗鼓相當的交談對象，母語中較優雅的詞彙，慢慢的從口頭消失，這是非常可惜的事。

除了瞭解原住民的母語能力外，溫神父最重要的工作是——比較同族兩個部落的母語錄音，看看語言的差異有多少？溫神父的發現是：每個部落都保留自己的語言，同一件東西，各部落用的字不同，發音也不同，所以很難統一，他認爲以十個部落做一個單位，編一套教材較佳。他更發現同樣泰雅族，太魯閣系列的語言，和泰雅族完全不同，實在是另一種語言。

溫神父的另一個驚異是：霧社附近的泰雅族，居然是三種不同的泰雅族語言（萬大、春陽、發祥三個族群）。

有些布農族人，自認爲看得懂羅馬拼音的布農話，溫神父也做了實驗，他把教友最熟悉的天主經，文字次序打散，讓他們認字，結果大部分都答錯。溫神父的結論是：他們不懂得符號所代表的意思，會念，只因為背得滾瓜爛熟。

目前許多原住民青年，開始注意本族文化、語言的保存，溫神父覺得非常好，可是他有個大疑惑，兩個原住民年輕人以家鄉文化，寫的碩士論文，可見他們非常愛自己的民族，然而他們論文的文字，卻是英文，他們的族人根本看不懂，「他們為什麼不用母語寫作呢？」神父覺得非常遺憾。

研究原住民語言的三類神父

也因為研究原住民的語音，溫神父和全省山地傳教的神父有所連絡，他發現專研原住民語言的神父，背景有三種：第一種，在山地傳教後，因為需要和原住民溝通而學習，然後有興趣做深入的研究。這也是最多的類型，而他們對語言的研究與報告，因不是專業，有些地方值得商榷；第二種是本身爲人類學者，卻修過語言學的神父，由於對語言學不精，有關語言的論文依然不理想。而最後的一種，才是眞正的語言學者，他們以語言學的角度收集整理資料，當然做出來的字典，是品質最佳的作品。

所以，溫神父認爲有關台灣原住民語言，做得最好的是爲鄒族編字典的德國蔡恪恕神父。（註：東部神父對阿美族、排灣族語言的研究，溫神父未接觸，才有此感受。）

說到原住民字典，溫神父說：教育部目前只關心音標的問題，還沒有注意到字典。而語言不只音標的問題，它更是一個民族文化能保存的基本要素，所以字典對研究原住民文化很重要。

▲溫知新神父的辦公室

挪威學者易家樂教授，十多年前已爲泰雅族編部大字典，是否代表泰雅族的語言不成問題？溫神父說：泰雅族至少需要三部辭典，而易教授的大辭典有一千多頁，在倫敦出版，價錢貴得很，有幾個原住民買得起？其次，易教授編辭典時，只在一個部落收集資料，視野太窄，所以利用的價值不大。

原住民母語教育，溫神父覺得家庭的重視外，從幼稚園就得開始。目前原住民多半只會讀出羅馬拼音的母語，能以母語寫作的人很少，這也是有心的原住民，未來要努力的方向。

艾格理神父小檔案：

本名：Rev.Hans Egil

國籍：瑞士

出生：一九二九

學歷：民族學碩士、語言學博士

來台時間：一九六三

來台後的經歷：台東青年學生中心主任十年；在知本、大溪等排灣族部落的教堂工作。

著作：
1.The Yami Of The Orchid Island
2.雄獅美術月刊七十五期
3.Paiwangram Matik 1990
4.Mirininiringan（古老的故事）民國七十八年出版有四百多頁，以德文書寫。
5.排灣——德文大辭典
（預定民國八十四年底在瑞士出版）

連絡電話：（089）323－026　歐思定修士

註：艾神父目前常在瑞士，想和艾神父連絡，只有透過歐修士。

艾格理神父——在瑞士教編排灣語

瑞士籍的艾格理神父，是排灣語的專家，目前長年住在瑞士，在蘇黎士大學教授排灣語。前些年，他每年秋天回台東，繼續做排灣語文的研究，夏天則回到瑞士任教。但是兩年來，他僅去年（八十三年）底回台東三個月，為排灣字典付印前做最後校對工作，今年一月下旬，又回瑞士。

記得我第一次和艾神父連絡時，起初不願意接受訪問，幸好他的同鄉歐修士做我的保證人，他才答應。後來我曉得，艾神父是全省第一個，從人類學、語言、民俗中發現，原住民和東南亞民族有密切關係，卻和中國大陸毫無瓜葛。在戒嚴時代，這種與政府抵觸的主張，被有關當局視為「陰謀份子」，他收集的原住民文物被沒收，名字被列為不受歡迎的黑名單，民國七十四年，他從國外返台，差點不能入境。這也是艾神父對訪問者，非常謹慎的原因。

他為蘭嶼留下不少真實的影像

瑞士白冷會的艾神父，一九五六年到日本教書，工作八年後，他被派到台灣台東為原住民服務。工作調動的主要理由是——白冷會在台灣工作地區為台東縣，該縣有排灣族、阿美族、布農族，雖然各族語言不同，可是都會日語，因此日語流利的艾神父，到台東山區服務，是不必求助翻譯，就能和各族溝通的老外。

不過艾神父來台後，並沒有立即上山服務，他有十年住在台東市福建路，天主教青年學生中心工作。他發現許多中學生家庭空間狹窄，於是爲學生成立讀書室（最早的K書中心），每晚總有一百多名學生在讀書室自修，十年間有近千名學生受惠，他覺得很有成就感。

蘭嶼屬台東縣，也有白冷會神父在小島服務，喜歡攝影，技巧一流的艾神父，去過蘭嶼後就對雅美族特殊的民俗文化有興趣，因此從一九六五年開始後的十年，年年都到蘭嶼住一陣子，把雅美人的生活、風俗以影像記錄下來。他的照片和蘭嶼故事，於民國六十六年五月的雄獅美術月刊發表；他又將雅美族的風俗民情照片，編成畫冊，以中、英、德文出版。

對歷史、文化及人類學極感興趣的艾神父，到台灣後就熱衷收集原住民文物。原住民教友發現舊部落遺跡，立即通知他，請他調查研究。據白冷會神父透露：「艾神父考古的第六感非常敏銳，他會憑直覺知道是否有部落廢墟。」而他每次從瑞士來台，多半會得到教友發現部落廢墟的消息，他當然親自探訪究竟。

艾神父可能也是台東縣，第一個舉辦「山地文物展」的老外。雖然在教會的台東學生中心展覽，但由於內容豐富，吸引不少的台東人，當年在偏僻的台東市，可是大大的轟動。

無心插柳修得語言學博士

有位德籍胡神父（Dominik Schroder），是位人類學者，爲了研究排灣族的民俗及文化，特地請調到知本天主堂工作。他在三年間，彙集極多且珍貴的資料，可惜他未來得及使用，就因急病而病故。艾神父正巧接他的工作，眼見珍貴的資料，因沒有人了解而化爲塵土，實在可惜極了。於是他回祖國瑞士攻讀民族學碩士。

有了碩士學位後，艾神父自然希望回知本天主堂工作及研究，可是知本天主堂已由卑南族籍的神父接任，沒有教堂讓他服務。於是他將研究多年的排灣語文法的論文，請瑞士的語言學者指正，因他未受專業訓練，不懂得如何整理資料，以及歸納分析，素材雖豐富，可是不能博得專家的肯定。這兩個理由使他繼續在瑞士，攻讀「語言學」的博士學位。

走入語言學的世界，艾神父才曉得一百五十年前，德國神父已開始研究菲律賓土話，在菲律賓傳教的一些西班牙神父，也做相同研究，出版不少菲律賓土話字典，因此馬尼拉成爲全球「南島語系」的研究中心。

艾神父感慨的表示：「台灣、新幾內亞、菲律賓、印尼、馬來西亞等海島的原住民語言，都屬南島語系，共有八百多種語言。所以研究台灣原住民語言，如果不先了解南島語系，不懂得該門學問的專用術語，在國際學術界，不可能受重視的。」

艾神父有關排灣族的著作

一九八七年，艾神父在德國出版排灣語文法書，可能是全球第一本具有學術地位的排灣語書籍。一九八九年，他以德文出版了一本

「古老的故事」，書中收集一百則排灣族的神話故事。

艾神父說：一件很奇怪的事，排灣族口傳的神話故事，有不少情節與許多地方的傳說故事相仿，其中有廿四則故事，在很多民族中傳誦。我曾到新幾內亞、菲律賓、印尼等地研究，想知道到底誰傳給誰？如何傳遞？至今仍找不出答案。

對於排灣族和阿美族，艾神父認爲排灣族以家庭爲主，但是個人主義味濃，因此在雕刻、織布、工藝上表現傑出，歌舞相比之下較差。阿美族重視群體活動，唱歌、跳舞、捕魚、野餐都是集體行動，歌舞特別出色。

對排灣族雕刻、織布工藝等技巧讚不絕口的艾神父，自然非常重視其傳承及發展。對於排灣族的雕刻圖案，根據艾神父的考證，他認爲排灣族在日據以前，並沒有百步蛇的圖騰，他們崇拜的是人頭。日本政府有一次舉辦全省原住民工藝研習會，排灣族人接觸到魯凱族的百步蛇圖騰，覺得很好看而引進。（如果從神話故事尋找，也會發現有關百步蛇與人的傳說，都出自魯凱族，而非排灣族。）

再以排灣族的寶貝琉璃珠，艾神父走過埃及、義大利、非洲、阿拉伯……處處都有琉璃珠，花樣卻不同。排灣族人傳說琉璃珠來自荷蘭人，艾神父特地去荷蘭找尋，卻沒見到類似的珠子。艾神父覺得，何人製造琉璃珠？如何傳到排灣族人手中？至今仍是個謎。

艾神父走遍太平洋島嶼，唯一能肯定的是——南美原住民的織布法，是向台灣原住民學習的，如何傳到南美？到現代仍是謎。

▲艾神父和助理柯惠譯小姐

巨作——排灣族大辭典

一九九二年三月，艾神父從瑞士返回台東，住在排灣族部落的大溪天主堂。除了宗教活動，其餘的時間，他都坐在書房，爲排灣語辭典，從早到晚的打電腦，當時他打到K，初步估計有八百多頁，預計年底在德國出版。

艾神父字典的拼音法，既不是羅馬拼音，也不是國際拼音，而是他自創的艾氏拼音法。以他的拼音法念出的排灣話，六十歲的老人聽來，比日文五十音及注音符號正確多了，重要的是，意思立即聽懂。

兩年過去了，艾神父的排灣語辭典未問世，他也不再是候鳥，竟然長居瑞士。一九九四年底，艾神父又飛回台東，這次他住在金崙天主堂，辭典難產及延期返台的理由是：他的腿跌斷了。

去年十二月中旬，我又見到艾神父，一點也看不到腿受到傷害，他的精神很好，工作進行得很順利。兩年中，他對南島語系又有新的體認，他的心得是：對學習原住民語言的人來說，句子的構造最困難，因爲至今沒有文法書。現在許多原住民青年以母語寫作，是好現象，可是要注意，避免受國語的影響——因爲南島語系的文法結構與漢語完全不同，它通常是先動詞，再主詞及受詞；也有動詞+受詞+主詞。如果見到主詞放在前面的母語句子，就是國語化的句子，是不對的。

至於研究原住民語文，艾神父認爲語音是最簡單的一件事，句子的結構是最困難。一部好的字典，不是收集的字多就夠，重要的是句子，句子多才好使用及利用。

他在一九九〇年，又出版一本有關排灣語母音與子音的文法書。而排灣語大辭典，希望今年九月能送去印刷。第一版是排灣話與德文對照；以後要做德文與排灣語對照。艾神父自信的表示：以後還要寫中文版本。

初次訪問艾神父，他覺得僅排灣語就夠忙一輩子，這次見面，他開心的說：我已掌握研究原住民語言的祕訣，我想再研究另一種話並不難，或許我會學阿美話，相信在語言學的基礎上，我很快的學會。

▼艾格理神父替原住民信徒洗禮

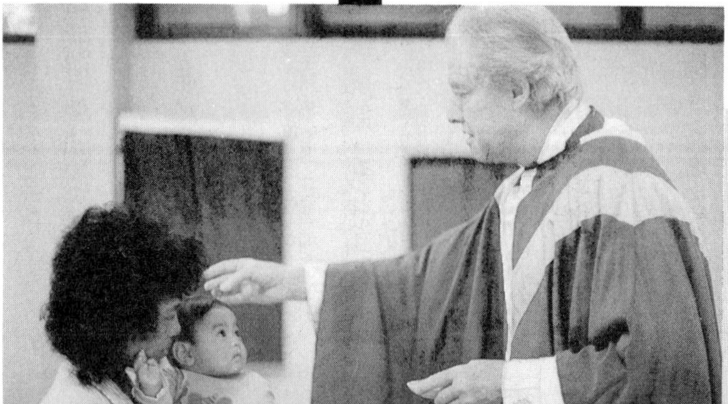

蔡恪恕神父小檔案：

本名：Rev. Josef Szakos

國籍：匈牙利

出生：一九五七年

學歷：波昂大學哲學（語言）博士

來台時間：一九八七年來台、一九九四年二度來台。

來台後的經歷：初次來台在輔大外語學院教書；目前在台中靜宜大學語言研究所任教。

著作：鄒族語言、傳說故事（博士論文）波昂大學出版鄒語大字典（預定一九九六年）出版。

連絡電話：（04）632－8001轉336；（04）631－5574

蔡恪恕神父——鄒語學博士

前年我爲阿里山鄒族語言訪問溫安東神父，才知道他和蔡神父合作，爲蔡神父的博士論文之一的鄒語字典，做最後的校正和補充。因此我一直以爲蔡神父是位老神父，至少也是中年神父，沒想到他是如此年輕，生於一九五七年，今年還不到四十歲。由於溫神父是德國籍，蔡神父的論文也是以德文爲主，所以我一直以爲他是德國人。

見面才知他是匈牙利人，拿奧地利國籍，在德國得到博士學位，研究的卻是台灣原住民語言。所以他可說是，研究台灣原住民語言的衆多神父中，最年輕也是最單純的學者——來台灣之前，就已選好研究主題，他的工作就是教書及做研究，到教堂做彌撒是他的副業，原則上他沒有自己的教堂，這一點和其他的神父大大不同。

十三年前在維也納和鄒語結緣

去年九月二度來台定居的蔡神父，目前是靜宜大學語言研究所的專任副教授，輔大語言研究所兼任副教授。說起和鄒語結緣的經過，蔡神父說：「我的叔叔是匈牙利的主教，我從小就想到做神父，更想到中國傳教。一九八二年，我已是修士，在維也納初次和溫神父碰面，他就和我談鄒語的問題，我開始對台灣原住民語言發生興趣。當時我不能來台灣，因爲我沒有自由國家的護照，這也是我後來入奧地利籍的原因。」

於是他從一九八三年開始，在德國攻讀漢學、語言學，有碩士學位後他於一九八七年來台，在輔大教書及爲語言學博士學位收集資料。蔡神父說：「其實，我原先計劃做卑南族的研究，因爲我手裡有兩位德國神父以往在知本收集的資料。可是當時輔大外語學院院長歐陽偉神父卻指定我研究鄒語，因爲我是聖言會的神父。以後的三年，平時每週五至週一，寒暑假我都待在阿里山的鄒族部落內，主要是請老人家說故事，內容包括神話、民俗、祭禮等，當時我錄了三百多盒，星期日我爲教友主持彌撒。七年後我又回到阿里山，發現以往爲我錄音的老人，許多已離世了。」

一九八七距離今天，雖然才短短的八年，儘管當時政治已解嚴，可是一般人對研究原住民語言仍有忌諱。去年因意外過世，鄒族的高英輝神父好心的警告他：「研究原住民語言，有反政府的傾向，最好不要摸。」事實上，他也覺得有情治人員跟蹤，還好沒有大問題。

他在阿里山做研究，得到溫安東神父大力的支持與鼓勵，可是輔大外語學院別的神父，對他的研究沒有興趣，連帶的對他需要好的錄音機、照相機、電腦等工具，所需要的經費，一概不支援。他一向主張「工欲善其事，必先利其器」，對所使用的工具品質要求極高，這種阻撓令他心冷。

可是讓他更頭痛的是，在輔大外語學院的聖言會院長，每一任院長對他的計劃都有意見，也就是甲叫他做卑南語研究，乙改爲鄒語，換內時又認爲不必研究原住民語言，他覺得爲難極了。也因此他離開聖言會，做一個自由的神父（沒有修會）。

回德國攻讀博士學位

儘管他在阿里山收集不少的資料，可是在台灣外務太多，環境也複雜，使他無法專心寫論文。於是他在一九九〇年，返回德國波昂大學，攻讀語言學博士學位。

由於他的論文主題——鄒語，德國當時沒人做，學校當局看過他的計劃後，很喜歡。德國語言學會注意到鄒語是世界上「瀕臨消失的語言」，因此給他德國國家最高獎學金。

他在課堂裡研究語言學的理論，課外則研究收集來的活資料，可是他仍然每年回阿里山，再收集新資料。他記得每次返台多則四個月，最少也有兩個月，所以他和山上的人都很熟悉。也因爲他常往返收集資料，有人看不順眼，四年前他原計劃帶兩位語言學博士來台做鄒語研究，因此而受阻。挫折經驗豐富的蔡神父，並沒有被意外打敗，他想：「我們去不成，請頭目到德國，不也達到目的。」何況，趁機讓鄒族頭目看世界，對頭目也有另外的收穫。

一九九二年十二月到九三年二月，特富野頭目汪念月在他的邀請下，到德國波昂做鄒語的研究。頭目主要工作是：將他在台灣收集的鄒族傳說、神話故事或老人家的談話，做單字或句子的翻譯；頭目以鄒語說故事，他翻譯給另外兩位語言博士聽，三個人再對鄒語做了詳盡的研究。我問蔡神父結論爲何?他笑著說：鄒語中包含拉丁、希臘語言的文法；鄒語的文法有特色，可是音調像日文，特別是——鄒語的字短促，很少有尾音。

終於拿到博士學位

蔡神父多年努力的結果，終於在一九九四年，得到語言學（在德國都屬哲學）學位。他的博士論文有七百多頁，三分之一（二百十三頁）是鄒語文法；三分之一（一百九十頁）是鄒族的四十五則傳說故事；剩下的是故事的資料及來源。論文的文字是鄒語及德文並列。

德國授與博士學位的先決條件，是論文必須出版，所以他這部大作，已由波昂大學出版。蔡神父感慨的說：「我收集的資料，博士論文用到的不到十分之一。」

只要站在蔡神父的房間，看他將一箱箱書面資料、一盒盒的錄音

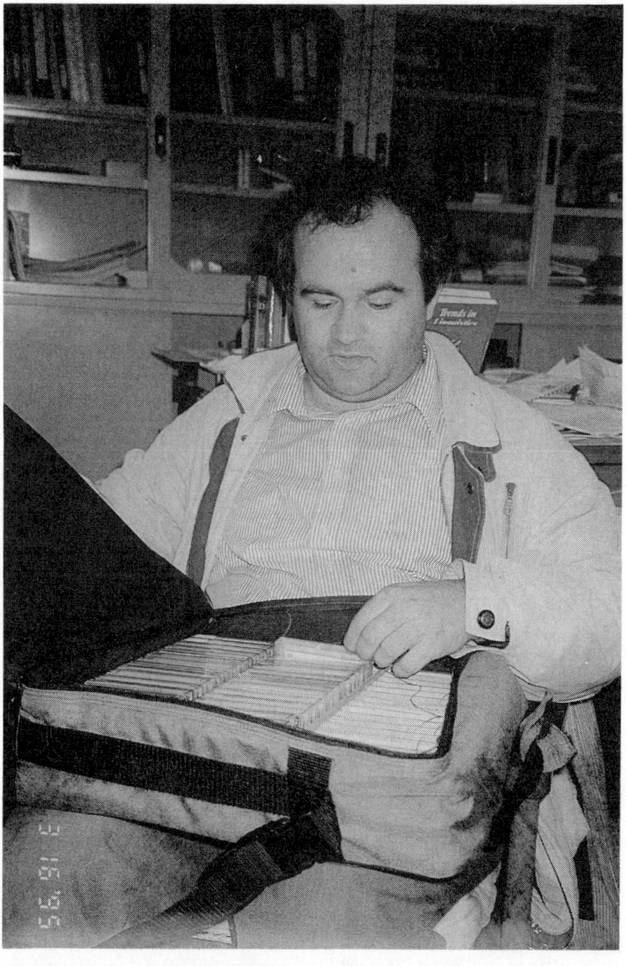

▲蔡恪恕神父的寶貝錄音帶

帶展開，再聽到收錄到電腦的資料，已塞滿四個電腦，就可曉得他所言不假。同時也對他的用功，深深佩服。

至今他和溫神父仍修正、補充的鄒語大字典，預定於一九九六年，由澳大利亞專門研究南島語言的出版社出版。

研究內蒙古方言

據說專攻語言的學者，學習任何地方的方言都很快，發音更是標準，蔡神父說的國語和鄒語，是最佳見證。請蔡神父舉出會說的語言，他說：「中、英、法、德、匈、俄、波、義、拉丁、鄒、蒙古等十一種語言。」在什麼情況下，學會蒙古語，他解釋原因——最近幾年德國政府和內蒙古的「中亞語言研究所」合作，研究內蒙古的方言，順便了解少數民族的習性。

由德國國家付費，每年有八位語言學教授，到內蒙古的盟旗（艾瑪可即八～九個部落）兩個月，對蒙古語言做深入的研究、分析及調查。也因他們的努力，目前已完成內蒙古方言地圖。

說起內蒙經驗，蔡神父坦白的說：「我是以語言學家的身分到內蒙古工作，他們對宗教仍十分敏感。我早知道台灣已有神父（中國籍和外籍）到蒙古服務，可是陪我們的官員一直否認，而且也不帶我去教堂，所以我在那裡兩個月，沒有接觸到教會，很不習慣。」蒙古語和南島語系的鄒語差不少吧！蔡神父說：「當然，蒙古語較接近斯拉夫語言，我們學較容易。」其實匈牙利人就是匈奴的後代，想來語言差距不大。蔡神父說：「匈牙利境內，的確有不少蒙古人的後代。」

台灣研究原住民語言的現況

九四年九月，蔡神父返回台灣，在靜宜大學語言研究所教書，他仍是假日就上山採集資料。現在他最主要的工作是——利用日語資料再找出新的單字，方法是將日據時代，日本學者做的記錄，念給老人聽，讓老人從記憶的大海，回憶起久久沒使用的古老字與詞。這個方法挺有效，所以一直有新的單字出現，都加入大辭典內。

他開始研究鄒語時，政府對關心原住民語言的學者，仍抱著懷疑的心態。這次返台，原住民語言已成爲「顯學」，各地政府需要母語教材，於是不少原住民知識分子加入此尋根洪流。此現象對他的工作有否影響？

蔡神父搖頭嘆氣的說：「當然有影響，我遇到一些年輕人，他們明白的告訴我『你是外國人，你不要做鄒語的研究，現在我們自己要做了。』他們不曉得，語言學、民族學都是專門的學問，沒有接受專業訓練，做出來的記錄，沒有學術價值。由於政府重視，容易申請研究經費，有些人以金錢換取資料，而有些原住民主動要求報酬，給錢有利也有弊，對我造成不少困擾。所以，鄒族部落有些人，對我抱著很大的敵意，說起來我情願回到以往鄒語及鄒文化，不受政府及族人重視的日子，因爲沒有人打擾我的研究，環境很單純。」

在原住民文化熱的今天，不只原住民青年，對本族文化及語言熱衷，許多漢人也投入這項熱門的學科內，可是太多的外行人，東抄西抄的濫竽充數。而許多住在山區的外籍神父，這幾十年來和原住民生活在一起，他們對原住民的語言、文化、音樂……都有深入的研究，卻少有人清楚（於是有些人剽竊老神父作品，反正沒人知道）。更令人擔心的是——這些神父的年齡，都在六十歲以上，他們離開人世，研究資料可能也因此消失。

所以，他計劃在靜宜大學內，設立台灣原住民語言研究中心，收集所有神父的研究作品；不時邀請外籍神父到靜宜演講，讓有心的人，能得到最正確、最豐富的原住民語言及文化知識。

可說是末代研究原住民語言的外籍蔡神父，興致勃勃的為此理想奮鬥，相信在他的努力與堅持下，夢想很快的變為事實。

溫安東神父小檔案：

本名：Rev. Anton Weber

國籍：德國

出生：一九三七

學歷：神學畢業

來台時間：一九六五

來台後的經歷：山美天主堂；嘉義禮士學生宿舍；聖言會會長；高雄市湯若望文教中心主任。

著作：1.鄒語字典

2.譯鄒語聖經

連絡電話：(05)222-4434

溫安東神父——在阿里山收集鄒語

嘉義縣唯一原住民鄉——阿里山鄉，以姑娘美如水；少年壯如山而聞名中外。該鄉以前叫吳鳳鄉，由於原住民青年，不斷的向政府抗議，終於破除吳鳳神話，改以阿里山爲鄉名。阿里山的原住民是鄒族，分散在達邦、特富野、山美、里佳、來吉、新美、樂野等部落。鄒族是原住民中的少數民族，連散佈南投縣、高雄縣的鄒族人，一併計算，總共不到五千人。

鄒族居住的部落，在交通不便的時代，下山是相當困難的事，可是鄒族五十歲以下的民衆，受過中學教育的人相當多，而鄒族也是原住民中，少數懂得珍惜土地的民族。在政府鼓勵母語，原住民部落反應多半冷淡的今天，鄒族是個特例——各部落都設有母語班，連老阿公、老阿媽都學習羅馬拼音。

鄒族的特殊，在於有位熱愛他們文化的德國聖言會傅禮士神父，儘管他已過世多年，他對鄒族的影響，至今仍存在。以鄒族中年人，受過高中教育不少，理由就是傅神父替孩子出學費、生活費，甚至爲下山的孩子成立學生宿舍。鄒族的傳統祭典（Maeasvi）在中斷數年後再恢復，也是傅神父的鼓勵與支持。而他對鄒族文化的重視與保存，感動許多人去做，已故的高英輝神父是其中之一人，而同是德國人，也是聖言會的溫安東神父，是另一個有心人。

在阿里山工作近三十年的溫神父，能說標準、熟練的鄒語，鄒族人對他的鄒語能力，覺得既敬佩又慚愧。大多數教友知道，神父近來最重要的工作是：修改及整理鄒語大字典。教友更清楚的曉得，鄒族目前對自身文化與語言關懷與投入的青年，都先後跟著神父做研究，或受他的鼓勵。

所以在前年（八十二年）十二月六日，在山美天主堂舉行教友月會，大多數代表認爲，一個月聚會一次，趁機學羅馬拼音速度太慢了，何不在部落推行，改爲每週上一次課。師資有兩位族人可擔任，另一位老師，則讓德國人溫神父來教我們。由此可見，溫神父鄒語是如何高明。

溫神父的鄒語緣

溫神父在民國五十五年進入阿里山山美部落傳教，他的第一件工作是學鄒語。已經會說希臘、拉丁、英、法、德、中文的溫神父，立即被典雅的鄒語迷住。他說：「我學習這麼多語言的目的，是更方便的爲人群服務。就因爲會的語言多，無形中會加以比較，我發現鄒語和中文的結構完全不同，是很奇妙的語言；它的文法表達及構造很有系統；鄒語更能充分表達人際關係，是相當有智慧的語文，可是一般漢人都瞧不起鄒語，我覺得很可惜。」

溫神父在傳教之餘，經常請老人家說古老的故事，他積多年經驗，認爲山美老人家的鄒語最古老，達邦和特富野相距不遠，許多音有所差異。而所有的老人故事，他覺得來吉武山勝過世的父親，所說的鄒語，是最純正的鄒語，比較其他老人的鄒語，發現摻雜許多日語。

此外村民的大小集會，他都熱心參與，目的只爲聽大家說話。也因此他發現鄒語中的外來語太多了，現在鄒語中摻雜的日語，比廿多年前更嚴重；廿年前的鄒族年輕人，能說一口漂亮的母語，如今的年輕人，會說的鄒語不多，用詞用語也極粗糙。溫神父非常感慨的說：「以往老人家說的鄒語很美，談許多事情都相當婉轉，是非常文雅的語言。」

說到鄒語受外來語的影響，溫神父的感慨更多，他印象最深的是在來吉村（影星湯蘭花的故鄉）參加的村民大會，有位鄉民代表（武山勝大哥）說的一句話，竟然包含五種語言——鄒、日、台、英、中文。溫神父認爲：語言混雜的原因和統治者有太多關係，至於英文，他認爲是來自日語中的外來語，鄒族人本身並不知道。他當時立即把那句話抄在筆記簿上，可惜有段時間離開山上，也停止鄒語研究工作，那句話不知丟到何處？他的結論是：如果找到再研究，一定相當有意思。

溫神父怎樣記錄鄒語

在台灣研究原住民語言的各國神父，以德國或說德文的神父，最有計劃及條理，對資料的維護也最用心。以溫神父來說，他從開始請老人說故事，所有的故事都錄音存檔，還拷貝一份送回德國的人類學中心保留。這些資料都保存得很好，所以至今他有時間，仍會反覆的細聽，而每次都會有新發現，這也是他的資料，不斷的修訂及增加的主因。

溫神父和其他研究原住民語言的人，有一個不同處，他很重視日常生活中具體的語言，遇到修理水管時，他請師傅將每一步驟，都以鄒語述說一遍，自然也錄了音。他也曾經請傳教員，從進教堂開始，所能見到的每一事、每一樣物品，都以鄒語說出，而加以記錄。

至於鄒語字典的工作，溫神父說：「這是一位曾在輔大教書的蔡神父的博士論文內容之一（包括鄒語理論、鄒族傳說故事、以及鄒族字典），我只是幫助他收集資料。蔡神父現在德國波昂做研究，他曾到阿里山，做了很詳盡的田野調查，記錄的資料比我更多。而我以前將鄒語按字母排列做了卡片，也都打入蔡神父的電腦中。如今我的工作是把蔡神父已整理好的字典，再聽錄音帶做最後的修正。」

他另一項重要的工作，是將教會的彌撒經文及教理，翻譯成鄒語。他在彌撒中，先以國語念經文，再請當地的傳教老師以自己的話說，他了解不能逐字翻，而是一段段的翻譯。此外，他也獨力翻譯聖經，新約中的瑪竇福音快譯好，但還需要修改。

目前溫神父的工作重心在嘉義市區，每星期還要來高雄市，因爲他是高市「湯若望文教中心」主任。爲了不遺忘已少使用的鄒語，他每週有一晚到特富野帶教友活動，每星期日到部落做彌撒。

對於鄒族青年開始關心自身語言及文化，溫神父覺得是好現象，前幾年有些青年在嘉義市成立小團體，研究鄒族的語言及文化，後來卻不了了之。溫神父覺得很可惜，只希望有心的青年能再出發。

消失的香格里拉

和鄒族相處三十年的溫神父，回首來時路，感慨太多了。以交通來說，當年到任何部落都得走路，他從嘉義到山美，先坐小火車到觸口，下車後再走四小時山路，幾乎要花一天的時間。到特富野達邦，不坐登山小火車在十字路下車，走四小時的山路，如今從嘉義開車，不到一個半小時就能到每個部落。

他還記得剛住山美時，村民仍靠公雞叫醒，然後傳出咚咚的舂米聲，那是婦女的工作；不久男人劈柴的砰砰聲揚起，在工作聲中開始一天的生活。而從不同的聲音，他認識鄒族的日常生活，他記得有一天午後，耳邊傳來「叭嗚！」的鐵罐聲，加上人嘴發出的怪聲，他覺得很好奇，追蹤聲音來源。

他發現鄒族在稻米成熟時，爲防止麻雀所做的驅鳥措施。原來山上的麻雀根本不怕稻草人，村民只好在稻田四周栓繩子，四角各綁一個空罐，整天至少有一人專心的坐在田邊看守，麻雀一來就搖罐加吆喝。鄒族人爲何如此費工夫的看田，據溫神父觀察，當年山上沒有化學肥料，稻米粒小、產量又少，實在不容許麻雀來爭食。

據說日據時代特富野部落已經有電（附近有水力發電廠），八七水災發電廠被洪水沖壞，五十八年以後，山上才再有電。所以溫神父初上山時，山美還沒有電呢？他說：「山美第一台電冰箱是我買的，我花了七千元。本來有產業道路，小車可以直接到山美，可是路況太差了，我擔心一路顛簸，冰箱給震壞了。所以我請了六位青年幫忙，從觸口開始抬，走了六小時才到教堂。那天整村的人都到教堂，參觀我的冰箱，每個人都問我價錢，然後計劃存錢。如今每家不僅有冰箱，所有的家電產品都有，而他們爲了賺錢，連假日都不休息，我覺得這種改變不見得很好。」

杜愛民神父小檔案：

本名：Rev. Antoine Duris

國籍：法國

出生：一九〇九～一九九五

學歷：神學畢業

來台時間：一九三四到貴陽；一九五七年來台。

來台後的經歷：鳳林天主堂一年，富民天主堂三十六年。

著作：

1. 阿美語——法語字典
2. 阿美族的人類起源傳說
3. 阿美語、布農語彌撒經本
4. 布農語——法語字典
5. Bunun Historia Sancta. San Mahoan 1989 (Manuscript)
6. Bunun Sunday Missal. vol. A, B, C. Mahuan 1987 (MS)
7. Catholic feasts in Bunun. Mahuan 1987 (MS)
8. Catholic rites in Bunun. Mahuan 1988 (MS)
9. Dictionaire Francais－Buun. Mahuan 1970 (MS)
10. Illustrated life of Christ in Bunun. Mayuan 1990 (MS)
11. Lexique Bunun－Francais. Mahuan 1987 (MS)
12. Vocabulaire Francais－Bunun. 1988 (MS)

註：杜神父的著作，溫知新神父知裴德神父處都有，可以和兩位神父連絡。

杜愛民神父——爲兩個民族寫字典

在花蓮縣瑞穗鄉富民村住了三十六年，八十六歲的法籍老神父杜愛民，由於重病，去年（八十三）四月初，他在裴德神父的陪同下回法國治病，他原來希望身體康復後，再返回台灣，可是因身體太衰弱，加上年歲太大，所以醫師要他退休，留在法國頤養天年。

其實杜神父的身體早就不行，我在八十二年五月訪問他的時候，他才因心臟開刀，從羅東聖母醫院回家，身體還未復原，仍不能騎機車。杜神父的生活很簡單，也很少外出，研究阿美及布農的語言，是他的主要工作，因此，教育部去年首辦的獎助母語研究，杜神父也是得獎人之一。

杜神父在民國四十多年，就出版了阿美語——法語字典，目的是爲在花蓮傳教的法國神父使用，他編阿美字典，是當時花蓮費聲遠主教的命令，也可能是光復後第一部阿美語字典。基於同樣理由，他接著又編寫布農語字典及阿美、布農教友使用的母語經文及歌本，因爲他是教會內最早做母語工作，所以他的阿美語字典及布農語字典，在這兩族部落傳教的教會，多半見得到他的作品。

杜神父在台灣最早學會的原住民語言是阿美語，因爲花蓮縣以阿美族爲多，布農族話是後來才學的，他到布農族爲主的瑞穗鄉馬遠村學習。而爲了不忘記布農話，他一直爲馬遠天主堂服務。由於他一直住在阿美人的村子，他對阿美族的了解與感情非常深，相比之下，對布農族的認識與感情就淡多了。

在台灣的漢人，會兩種原住民語言的人不多，杜神父以一個老年的法國人，會說、且精通兩種語言，眞是不容易。事實上，他還會說貴州的布依族話，也做過布依字典。無論到那裡傳教，都做字典的杜神父，竟未受過正宗的語言學訓練。而他的字典，語言學專家看來，都認爲相當不錯。

阿美族小朋友不再說母語

到今天爲止，杜神父一直認爲自己是「大陸人」特別是黃果樹人，原因是他在貴州傳教十四年，有七年住在黃果樹，因此他的國語，是濃濃的西南官話（像四川話）。大陸淪陷後，他被中共驅逐出境，回法國教了幾年書，才有機會再度爲中國人服務。

儘管離開貴州幾十年，杜神父依然懷念貴州，大陸開放探親後，他再度和以往的教友、朋友連絡，可能因體力的關係，他沒有回去看看的想法。然而今日布依人的種種情況，他似乎瞭若指掌，他說：布依人的小孩，到現在和父母仍以布依話交談，每個小孩都很會說布依話。

在花蓮住了三十多年，主要的工作除傳教外，全部用在語言的研究，想來是杜神父和當地沒有語言障礙吧！杜神父的答案卻是：「我剛來時和小朋友說話，他們聽不懂我的四川國語。現在我會說阿美和布農話，可是小朋友都不說母語，告訴我仍是『聽不懂』。」

老神父露出無奈的笑容，感慨的說：阿美族的小孩，如今都不願意說母語，他們的嘴巴像鎖住，不想吐出一句母語。廿年前，一個阿美小孩，在念小學前，能熟練的使用一萬兩千句母語，現今不肯也不會說母語，小學畢業前，他們會說的母語辭彙，不超過兩千五百句，語言能力比以往差太多了。」

老神父對國語很感冒，他認爲國語結構太簡單，所有的蜂都可以蜜蜂來代替，也不想有馬蜂、虎頭蜂……。不願意玩和不要玩的意思迥然不同，說的不是一件事，可是一般人卻混爲一談。他覺得四川話和阿美話類似，不僅辭彙豐富，而且富有創造力，是很耐得住咀嚼的語言。

杜神父深深記得一件事：編阿美字典時，想將「自由」翻成阿美語，和阿美長老討論，一直找不出適合的阿美話。我們煩惱時，沒料到一個在身邊玩耍的幼稚園小孩，居然想到很恰當的說法。雖然現在學校提倡母語，如果阿美的父母，不在家中說母語，目前四十、五十歲的人走了，我想二十年後阿美族話可能會整個消失。

他對阿美、布農話的看法

以往在花蓮、台東，阿美人集中地的神父和教友，都以杜神父的阿美字典爲主，如今除了富民村的教友仍使用他的法文發音法，其他地區都以全省通用的羅馬拼音。提起這個問題，杜神父不以爲然的說：「英文不只文法粗糙，連發音也不講究，以英文來注阿美話，很多話的意思會混淆，眞的很不好」。從他對語文純淨的要求，讓人見識法國人對語言的尊重，當他表示不喜歡也看不懂大陸的簡體字時，就更了解他的心情。

杜神父三十多年來，寫了阿美話字典、阿美文法、布農語字典、布農話聖經故事、布農語——法語、法語——布農語對照字典，以及教會所有經書，至少有三十多本。這些年，他一直爲阿美字典增添新資料，因爲經常忽然聽到新的話，於是趕快記錄下來。

布農語和阿美語相比有何不同？杜神父說：「完全不同，以『我愛你』來說，布農語的文法和漢文相仿，阿美語卻是『愛你我』不一樣。一般說來，布農人會說阿美話，阿美人卻不會布農話。」（註：以往阿美族在花蓮縣是最大的族群，他們也不學閩南、客家話；布農族是少數民族，自然會學阿美語，在排灣族與魯凱族混合的地區，也出現此現象。）

▲富民天主堂

杜神父發現，印尼話和布農話可以互通。花蓮縣的布農話和南投縣的布農話一樣，和台東縣高雄縣的布農話有些差異。

爲了編字典，杜神父除了教會工作，幾乎足不出戶，在台灣三十多年，上台北是爲回法國搭飛機，台中去三次，高雄只去一次。平時他以機車代步，因爲鄉下地方交通不太方便。

目睹阿美族的巨變

在阿美人當中生活幾十年的老神父，眼見村裡只剩下老人和小孩，年輕人都跑到大都市，認爲現今的阿美人太愛錢，爲了多賺錢，年輕夫妻將才滿月的嬰兒，留在家鄉讓自己父母養育。老人多半心疼孩子，原本就傾向溺愛，好不容易老人覺得該教育孫子，小孩卻以

「聽不懂你說的話」不加理睬。以阿美話舉行的宗教活動，孩子們也以聽不懂爲藉口，不願參與，童年就缺乏宗教及家庭教育的孩子，長大後的人格怎會正常呢？

部落裡失去父母照顧及管教的孩子，放寒暑假時，每天從早到晚都與電視爲伍，因爲小孩不會分辨好壞，受不良影集及節目的影響，品德在無形中敗壞。於是從前沒人坐牢的村莊，現在有不少青年，因犯法而進監獄。神父認爲阿美父母要明白，親自照顧及教訓孩子，子女長大後才有希望，否則賺再多的錢，有什麼用？

神父不解的是，許多阿美人在部落內，花許多錢蓋座漂亮的大房子，接著爲還蓋屋的欠債，遠離家鄉到西部工作，也沒時間回家住，房子落成後就空著養蚊子，爲沒機會享受的房舍做屋奴，實在可惜。

另一件神父覺得更離譜的現象，就是阿美人受到漢人影響，開始重視墳墓，花大錢修漂亮的墳墓。

的確，台灣漢人貪婪的習性，已傳染給漢化的阿美族人，讓一向樂天知足的民族性，成爲近視、好利。一百八十度大改變，看在有心的神父眼底，著實痛心不止。而神父自己的生活，卻是簡樸異常，拜訪神父那天，他留我吃午餐，只有兩盤小菜——胡蘿蔔炒肉絲、一個荷包蛋，朋友送的小玉西瓜和湯。所以當我聽到陪他回國治病的裴神父，敘述他的病情，我總覺得他可能因營養不良而得病。

另一件事也令杜神父傷感，那就是他爲了幫助生活在山區的中國人，來中國以前，在法國接受簡易的醫學訓練，不管在貴州或花蓮，他都是一面傳教，一面義務的爲病患治療及施藥。當台灣公共衛生到了農村，以及醫師法實行後，他不再替教友看病。然而有個漢人的腿部潰爛，久治無效，聽當地教友稱讚杜神父是治潰爛能手，於是再三請求神父幫忙。在神父的照顧下，病患的腿部大有起色，這消息傳到醫師的耳裡，向衛生機關檢舉神父爲密醫。

神父無奈又委曲的說：「病人自己上門，我又沒有收他一文錢，卻被控告，幸好警察了解實情，叫我以後不要再爲人治療。」

老神父邊說邊嘆氣，想到台灣沒有醫德的醫生，如此的打擊一生爲中國奉獻的老人，生爲中國人，我覺得很丟臉，對神父只覺得抱歉。

當我在中國時報寶島版報導杜神父的故事後，那年的聖誕節，杜神父寫給我的賀卡，內容是因爲我的報導，使他大大的有名，別的神父很吃味，可愛的令人難忘。去年他返法養病，臨走以前他又寫了張明信片，幾十字裡有中、英、法三種語言，我請教法語的外子翻譯，才知他返回法國治病，他希望再回台灣時，我到花蓮看他。從杜神父的明信片，我總覺得小小的報導，讓他覺得我是他的知音，希望我分享他的開心。藉著訪問讓老神父有成就感，我想也算小小的愛德。

（後記：杜神父於民國八十四年三月廿三日在法國病逝。）

博利亞神父小檔案：

本名：Rev. Louis Pourrias

國籍：法國

出生：一九三〇年

學歷：神哲學學位

來台時間：一九五六

來台後的經歷：在光復鄉工作十三年；玉里鎮春日里廿五年。

著作：1.阿美語——法語字典

2.Sapita'og （一九八五年初版）

連絡電話：（038）872－886

博利亞神父——阿美字典鬥士

去年十二月中旬，我到台東縣長濱鄉拜訪彭海曼神父，阿美語造詣極佳的彭神父，對花蓮縣玉里鎮春日天主堂博神父所編的最新阿美語字典，認爲是相當不錯的字典，於是博神父成爲我訪問的目標。

以電話和博神父連絡，從含糊的國語了解神父當天在家，且願接受訪問，於是買了到玉里鎮的火車票。到玉里後才曉得，到春日從瑞穗比玉里方便，路程又近，至少省半小時，這就是不明情況的後果。

春日附近的部落，居民主要是阿美族，法國籍的博利亞神父，在這裡住了廿五年，之前則在光復鄉住了十三年。博神父給我的第一印象是——一手開門，另一手拿瓶小罐的礦泉水，而神父說兩句話，一定喝一大口水。神父一定發現我滿眼的疑惑，他以沙啞且不清的國語告訴我原因。

四年前，博神父因說不出話，到台北大醫院檢查，醫生告訴他「喉癌」。考慮許久決定回法國開刀，許多神父都認爲他死定了。沒人想到他居然逃過死神的約會，身體康復得不錯。他在法國待了廿個月，除了傷口復原外，還要學習用腹部發音。神父開心的炫耀：我不是喉嚨發音，是肚子出聲，經過特別訓練。他每年做健康檢查，至今身體狀況不錯。

由於開刀，口腔不能分泌口水，所以他必須不斷的補充水分，才能發出聲音。不注意他一直灌水的動作，外表實在看不出他是位癌症病患，更不會想到他的頸部有個洞。神父除了固定的宗教禮儀外，他每週要爲阿美族教友寫母語證道詞，供應十幾個教堂，而花蓮縣移居台北的教友，每週也要一百五十份。至今仍修正及補充的阿美語字典，他目前正將它輸入電腦。

低沉嘶啞的發音，對做彌撒有困擾？博神父說：「我用麥克風，教友都聽得懂。只是我沒有辦法講太長，所以目前都請傳教老師替我講。」

一家有四位神父

博神父家中有七個子女，其中有四個兒子當神父，他在台灣服務，有位哥哥在南美，另兩位留在法國。民國六十九年，他八十歲的老母和三位神父兄弟一起到花蓮縣探望他。四年後，老母過世，因此四兄弟和老母在花蓮的照片，儘管已經因歲月的消逝而褪色，卻是博神父客廳壁上最重要的風景，由此可見他是如何珍惜至親相聚的日子。

出生於一九三〇年的博神父，一九五六年來台，先在花蓮市跟一位老師學國語（當時台灣還沒有爲外籍人士學習國語的語言中心），才學四個月就被派到光復鄉服務。光復鄉的居民以阿美族爲多數，想學阿美話，根本沒有一本有關阿美語的課本，他只好拼命的和村民交談，從比手畫腳開始，一個字一個字的學習。

說起那段和村民言語不太通的日子，博神父相當感慨：「神父不會說阿美話，當時可說是耶穌傳教，所以我從來不覺得自己成功。」

初到花蓮時，沒有爲教友準備的聖經及讀本，當時教友看日文書，講出來的是阿美話，算是過渡期。經過博神父的努力，如今有一百五十位教友，他們會看阿美話的聖經及書籍。

春日部落的房屋和普通農村景況相仿，而到部落的柏油路亦極佳，博神父說：「廿五年前從瑞穗到玉里，根本沒有路，平時涉水過河，水勢太大我們只好繞道。而部落沒有電，沒有一棟好的房子，住屋都是茅草屋，以前大家都住在村裡，如今留在本鄉的人不到兩千人，在台北工作的人超過兩千，我們的教友也不例外，一半以上的教友在台北定居。」

談阿美字典

博神父日常最重要的工作是——將彌撒經文及星期日證道詞譯成阿美話，再影印寄給花東十多個教堂使用。他的書房內有電動打字機、電腦、影印機，我猜從打字到影印的工作，博神父可能一手包辦。所以當我問到神父的作品，他拿出來的是紅皮的「SAPITA、OG」，這是一本教會常用的書籍。神父說：「第一版已經用完，最近要再版。」

可是我在吳若石神父處得到的不是紅皮書，而是十六開的黃皮字典，有許多薄本。我解釋五分鐘，他終於了解我要看的東西，再進入書房，捧著我要了解的阿美字典。

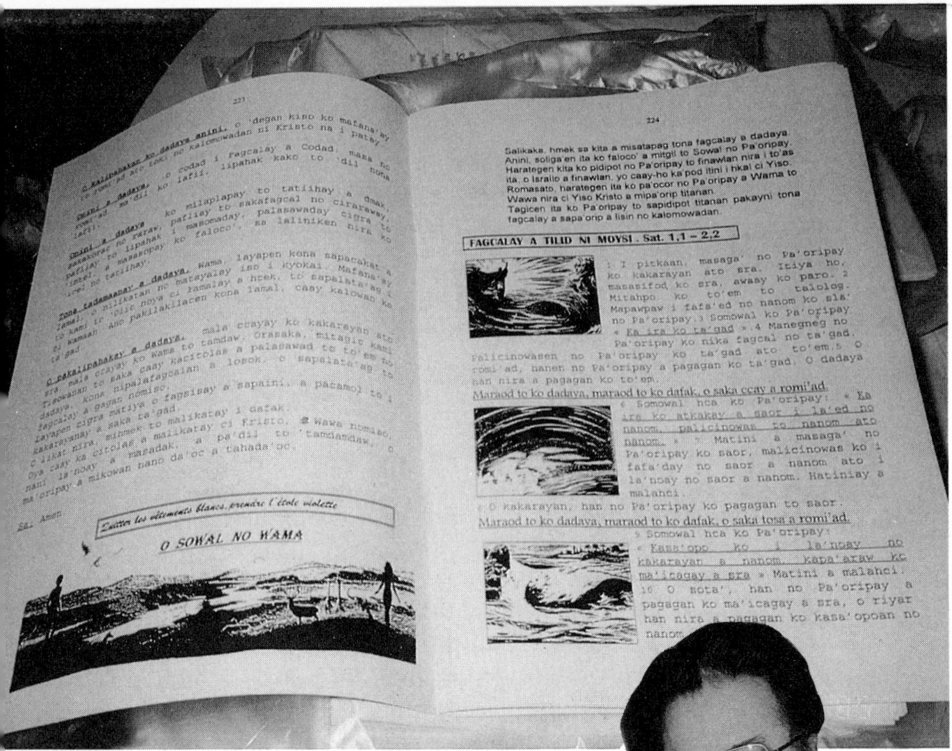

▲博神父譯的阿美族經文

▲長年從事阿美族經文翻譯的博神父

原先我得到的資訊，是神父的字典未完成，在神父的介紹下，才曉得已全部完工，有七百三十五頁，分成廿小本。博神父說：「目前有廿五位神父使用這部字典。」

我想知道，神父如何收集資料？用了多少時間寫字典？得到的答案卻讓我意外，但也覺得有理。博神父說：「字典不是我一個人的工作，我們是一組人共同爲字典努力廿多年，我是最後的負責人，在玉里鎮東豐里的潘世光神父和我配合。我要管七個教堂，沒有時間到各地收集資料，但是在阿美族地區傳教的神父，都幫忙我收集資料。所以我們這本字典，最大的特色是——收集的字詞和例句，包含所有阿美族的語言。（以往北部和南部的阿美族人，因爲不常來往，語言差距很大。如今因交通發達，南方和北方阿美常混居，語言隔閡較少，溝通不難。）

使用初版阿美語字典的外籍神父，都是修正、校訂委員，他們只要發現問題，或有新的字、詞，都毫不藏私的向博神父反映，他再修正補充。也因此，他從法國開刀回春日里後，買了部電腦，請一位教友指導操作方法，然後他將字典內容都輸入電腦，由於資料太豐富，他說：「一部電腦不夠用。」

修正的工作似乎比初次編寫還要費工夫，博神父說：「做一個字母（A）至少要兩三年，很慢呢！這部阿美語字典用的文字是，阿美語——法語；法語——阿美語，一般中國人並不適用。所以博神父的計劃是，未來希望變成阿美語——國語；國語——阿美語，而這項工作只有依賴阿美族的傳教老師，因為我們的中文都不好。」

博神父沒有語言學及人類學的訓練，竟然能挑起編寫字典的重任，可能因他靜得下來，不怕困難的天性，當然他對語言的天份，及對阿美語的熱愛，也使他做的工作，令合作者讚不絕口。

離鄉的同胞更愛母語

近幾年，教育部鼓勵母語教學，許多地方的小學也付諸實行了。可是在春日里，學校沒有母語教學的課程安排，孩子不會說阿美話，也不想學習，總之當地人對母語毫無興趣。這是博神父對春日里居民的觀察結論。

可是移居到台北的阿美族人，特別是教友，對母語很有興趣，也很喜歡，他們要求神父每星期寄一百五十份，以阿美話編寫的教會祈禱資料。

為了有心保留阿美語的教友，博神父忘了自身的病痛，積極且樂觀的為教友準備道理；為了達成在阿美族地區傳教神父們的願望，他仍努力的為阿美字典奮鬥，這位隱居玉里鎮的法國神父，視死如歸的英勇精神，實在值得我們鼓掌致敬。

裴德神父小檔案：

本名：Rev. Andre Bareigts

國籍：法國

出生：一九三〇

學歷：巴黎大學人類學博士

來台時間：一九六九

來台後的經歷：在台大教過一年的書；以後都在花蓮縣豐濱天主堂。

著作：1.阿美語神話故事（三本）

2.法語神話故事（三本）

3.噶瑪蘭文法及神話（英文）

連絡電話：（038）791－371

裴德神父——隱居豐濱的人類學者

他關心勞土族、阿美族、噶瑪蘭的語言、文化，擁有巴黎大學人類學博士學位的裴德神父，廿多年來隱居在花蓮縣海邊的豐濱村內。人口日益稀少的豐濱村，教友與村民和神父極熟悉，卻少有人知道神父對阿美族神話的研究，當然更不知道神父以法文和阿美話，寫了六本有關阿美神話故事的書，自然也不知道神父精通噶瑪蘭話，還寫了一本字典。裴神父不只對台灣社會是陌生的名字，我也是由花蓮縣瑞穗天主堂的馬神父介紹，才曉得他的工作。

我也是和裴神父交談後，對此高人默默的守在偏遠的鄉村，數十年如一日的照顧十三個部落教友，忙碌之餘還能從事學術研究工作，眞是敬佩之至。

裴神父是法國人，爲天主教巴黎外方傳教會的神父，來台之前他在緬甸傳教九年，在傳教之際他做田野調查，寫了三本有關「勞土族」的書，因此他得以進入巴黎大學人類學院博士班就讀。來台後，只有民國五十八年，曾在台北教過書，以後都以傳教爲主。他長居豐濱村則是民國六十一年以後的事。

裴神父目前出版六本神話故事，第二、三、五是法文本；第一、四、六是阿美拼音文。他的讀者不是外籍神父修女，就是法國人類學教師，以它當作教材。內容雖然以高中畢業的人，看得懂爲原則，由於太專業，許多人看不懂，勉強讀一下，就會打瞌睡。

「誰知道神話？」

說起收集阿美族的神話故事，裴神父可是吃盡苦頭，原因在於阿美人很少人關心神話，大部份人忘了神話，沒忘的也語焉不詳。因此有的村只有一、二人知道，有的村已沒人會說神話故事。神話沒落的因素，以裴神父的看法是：阿美族的傳統不重視兒童教育，老人不管也不關心小孩，孩子到十六、七歲才開始學習風俗，因此阿美族只有老人故事，童話很少。老人不重視青少年教育，可是在排灣族、卑南族、布農族……都有對孩子的特殊教育。

而少數知道神話的人，卻抱著「祖傳祕方」不可外洩的心態，封閉嘴巴。因此裴神父走遍阿美村落，打聽「誰知道神話？」竟然沒有回響，他只好將日本東京帝大收集的資料，拿來做研究。三年後，才有六十多歲的老人，主動告訴他自己所知的神話故事。在裴神父出了兩本阿美神話故事後，阿美人的觀念改變，如今很多人會去教堂找神父說故事，所以裴神父第三本阿美神話故事集也問世。

阿美神話和其他原住民神話，是否雷同?裴神父說：「創世紀不一樣，進化史相似，有的故事一樣，但是絕大部份都不同。由於我未深入研究其他民族的神話，我不敢太肯定。」

花蓮縣新社至長濱之間，有二十多個平埔族（kkef・falan）部落，據說從宜蘭縣羅東、蘇澳遷來的，一般人稱他們爲噶瑪蘭。裴神父學會該族語言，也收集一些神話故事，出了一本有關該族的歷史與神話書，又以英文寫了本附有噶瑪蘭文法的字典。裴神父認爲以喉嚨發音的噶瑪蘭話，比阿美話難學多了。

雙胞胎的豐年祭

對於阿美族的豐年祭，裴神父說：「他們有兩個，一個是政府主辦的，聯合幾個村落，只有一天，以表演歌舞吸引觀光客為主。民國六十五年以前，為鄉公所主辦，以後改由縣政府負責，每家都有補助，錢的多寡每年不同，參加者以男人為主，收了錢人卻不從台北回來跳舞，那家會受罰。豐年祭當天，每村都發放誤餐費，去年（八十一年）一村一萬元，可是救國團舉行健行，取消跳舞，阿美族的老人生氣的離開會場。」聽裴神父叙述的語氣，能聽出他對官辦豐年祭的形式作風及不尊重傳統習慣，露出頗不以為然的神情。

說起阿美族自己的豐年祭，神父就開心多了。他說：「每年七月至十月割稻後舉行，一村村輪流舉行，因爲有很多事情要做，需要六天的時間，在六天的活動中，只有第一天請客人。其他活動有時全部族人，一起去海邊吃飯，偶而女人不可參加；有時夫婦十天不可同房；有時只有男人跳舞，女人禁止上場……，外人乍接觸覺得很複雜，了解後覺得有趣。以往每村的舞衣不同，裙子的長短也不同。如今有的村民舞衣，三年就變個新式樣。」

近年來，許多專家學者發現原住民的歌舞走調，裴神父卻認爲阿美族的歌與舞仍保持原味。至於阿美的舞衣，裴神父說：每個阿美村的舞衣均不同，只要我喜歡，可以隨時換舞衣，所以不要太計較他們跟誰學？其實多變就是阿美族的習慣，沒什麼不對。

豐濱鄉的過去與未來

裴神父剛來時，全鄉只有八十多個鄉民會看羅馬拼音的阿美文，如今鄉內至少有六百人會看書，在外的年輕人多半看得懂。他認爲識字的人多，是可喜的現象。長期觀察豐濱，裴神父發現當地的改變有好也有壞，比方大家都有錢，於是從前的傳統竹屋，現今片竹不存，阿美人蓋了許多漂亮的房子，卻大演空城計，因爲屋主都去西部謀生。

七十五年以前，阿美的兒童因疾病早夭的比例甚高，目前因公共衛生的推行，嬰兒甚少死亡。從前成人則罹患肺病，如今因生活水準提高，病患幾乎絕跡；由於人口的外移，許多水田荒廢了；因著禁玀，近來山豬、羌的數目大增，連在車站都會看到山豬，據說還有熊隻在鄉間活動。

裴神父廿一年前到豐濱鄉時，當地有一萬兩千人，如今只剩七千人，實際上還少於這數目，因爲許多人早定居西部，戶口卻未遷走。鄉內國中小學的學生人數，這些年急劇減少。裴神父彷佛鄉公所的職員，他如數家珍的舉例：豐濱國小以前五百多人，現在是三百多人；新社國小二百人減爲八十人；芭奇國小五十五人減爲五人；磯崎國小二百多人，現爲五十多人……。豐濱鄉幼稚園沒有廿名學生。而留在部落的孩子，父母多在台北工作。也因此，七十四年以前的孩子都會說母語，現今的青少年，卻忘了母語，以說國語爲榮。

▲豐濱天主堂

▲藏身書卷中的斐德神父

再度拜訪裴神父

八十三年底，我再度去豐濱鄉看望裴神父，散步歸來的神父，氣色非常好，原來他四月陪杜愛民神父返回治病，同爲學者的兩人，住得近又有不錯的交情，他把杜神父安置到療養院後，才返鄉探望親人。八月中旬返台，正巧遇到大颱風，臥室的屋頂被風刮走，房的門窗壞了，他的寶貝書籍損失近三分之一。裴神父心痛的訴說災情，無可奈何的搖頭嘆氣。

對於目前政府與民間重視原住民語言，裴神父認爲是好現象，而全省原住民當中，以有關阿美族的書最多，像黃貴潮、李來旺、黃天來、黃東秋……，寫過神話故事、阿美族的風俗、祭禮的記錄；而阿美話的字典有好幾種，杜神父寫的阿美——法文字典，大同教方敏英牧師的阿美——英文字典，最近玉里的神父也在做阿美族字典，可惜的是：目前未出現國語——阿美語的字典。

裴神父笑著說：「阿美語言該沒問題。」

只是，青少年越來越少說母語，阿美語的未來並不樂觀！

彭海曼神父小檔案：

本名：Rev. Herrman Brum

國籍：瑞士

出生：一九一五年

學歷：哲學、神學、數學碩士。

來台時間：一九四六年，在北京住了八年，被中共驅逐出境。一九五六年來台。

來台後的經歷：一九五六年來台，一直在長濱天主堂工作。

著作：1.阿美語聖歌本
2.阿美語新約
3.阿美語彌撒經文

連絡電話：（089）831－428

彭海曼神父——改編阿美歌曲的聖手

阿美族是最會看母語的民族

在母語當道的今天，儘管政府及文化界對原住民語言快速消失，覺得心驚，可是大多數原住民卻無此體認，依然習慣說漢語（包括國語、閩南語、客家語）。我走過的原住民地區，阿里山鄉的鄒族人，對學習閱讀母語最熱衷，而台東花蓮地區的原住民，能說、能看母語的人最多。

在台灣傳教的外籍神父公認「花東地區的母語推行最普及，成效最佳」。爲什麼文化、經濟比西部地區差一大截的東部原住民，在母語的說寫上佔優勢？那是因爲在東部傳教的法國及瑞士神父，早就以本地化的理念，將聖經及聖歌譯成阿美、布農、排灣語。

已過世的池作基神父，據說阿美話說得非常道地，他也是在台灣，第一個以阿美話做彌撒的神父。池神父的好友兼同工彭海曼神父，不只以阿美話做彌撒，他還將聖經譯成阿美話，將阿美傳統歌謠改爲教會的聖歌，一共收集了四百多首歌曲。

彭神父的故事

今年八十歲的彭神父，是瑞士人，由於他的修會——白冷會在齊齊哈爾傳教，他在抗戰末期來到中國大陸，卻因東北的局勢混亂，一直無法走進齊齊哈爾。所以他一直待在北京的白冷會辦事處，先是學國語，後來擔任會計，他到中國八年後，被中共驅逐出境，然後再來台東縣。

三年前我到台東縣長濱天主堂訪問吳若石神父，彭海曼神父當時因病住院，錯過認識他的機會。那時，我對外籍神父爲原住民語言、文化做記錄的工作，還沒有太多體認，所以也沒有和吳神父提起，直到我見報上有人介紹彭神父翻譯阿美聖經的文字，所以我決定再拜訪吳神父和彭神父。

我先以電話和吳神父連絡，他坦白的告訴我：「彭神父不喜歡人家採訪，妳要有心理準備。」當我從花蓮縣豐濱天主堂到長濱天主堂，已晚上八點多，吳神父到長光天主堂做彌撒，只有彭神父在家。

八十多歲的彭神父，精神和體力都極佳，我談到最近的工作，以及第二天要去金侖天主堂看艾神父。或許這些話題神父很感興趣，他開心的和我談起往事。特別是有關阿美族字典及聖經，爲了講解清楚，他回臥室找出不同版本的阿美聖經和字典，讓我大開眼界。

花蓮台東天主教會翻譯阿美語聖經

吳神父回來後，立即加入抬槓的行列，提到將教會用語翻譯阿美語的情景，彭神父說：「在民國四十五到五十年間，白神父召集我們在花蓮和台東傳教的神父、傳教老師，每月到花蓮市開會，共同討論阿美語翻譯成教會術語的正確用法。當時每次開會，至少有十位神父，廿位阿美族的傳教老師出席，神父們對某一音有所爭執時，傳教老師是最後的裁判，他們商討後，才決定何者正確。」

如今從花蓮市坐客運車，不用三小時直達長濱天主堂，近四十年前的花東交通情況如何？彭神父說：「我們頭一天下午，坐三小時客運車到台東市，然後再坐有臥鋪的夜行火車到花蓮，白天開會，散會後再原路返家。一次要用三天兩夜。」

幾十人辛苦五年，終於達到預定的目標，彭神父對語文翻譯得到寶貴的經驗「不管編字典或翻譯聖經，不能只依賴一村或少數人，因爲容易流於狹窄及偏見；最好的辦法是有個團體，彼此互相切磋討論，取得共識。」也因此，廿五年前，彭神父將國語的瑪爾谷、瑪竇福音，以及三個年度的彌撒經文譯成阿美話，也是和他的幾位阿美族傳教老師合作的結果。彭神父翻譯的阿美文聖經和彌撒經文，東部的教友，已普遍使用了廿年，這也是東部教友，大多看得懂阿美族拼音文字的理由。

目睹東部神父，廿多年前就開始母語教育，且非常成功，我們認爲他們有遠見，可是多數人不知道，當年花東地區的神父，都是偷偷摸摸的做母語整理及記錄的工作，因爲政府除了禁止，調查單位常到教堂搜查，還有人找神父的痲煩。吳神父也補充：「我廿年前學閩南語，就有政府官員反對，他們說：『大家都說國語，幹嘛學！』」

彭神父談三本阿美族字典

彭神父手裡有三本阿美語的字典，已返法國的杜愛民神父的字典最早，其次是大同教的加拿大籍女牧師方敏英所著的，最近又有一本新的阿美語字典問世，就是在花蓮縣玉里鎮的博神父、紀神父合作的大字典。三本字典彭神父最滿意的是最新版本，他的理由是：杜神父的字典內容豐富，舉的詞彙很多，相當不錯，可惜的是以法文解釋及拼音，一般人不懂也不易學習，對原住民沒有使用價值；而他收錄的地區較小，也是缺點。至於方牧師的字典，阿美話、英文、國語並列，許多文物還附上圖片，讀者使用方便，內容相當豐富；缺點也是收集的地點只限成功到長濱一帶，又因她不是語言學家，有些地方不合語言學的要求。最後這本新字典則完全避免前兩人的缺陷，是相當完美的字典。

彭神父的創舉——為阿美歌曲留音

吳神父又稱讚彭神父的另一項工作，保存阿美族四百首傳統歌的樂譜。說起往事，彭神父感嘆的說：民國六十年以前，很少人出外工作，年輕人都在部落裡，教堂是社區活動中心，每天至少有兩百多人在教堂活動，阿美族是愛唱歌的民族，他們在教堂也不時的唱。年輕人常在聚會所裡練唱，所以我們教堂三十年前開始，每年舉行歌唱比賽，分老、中、青三組，因爲普受阿美人的歡迎，歌唱比賽從未中斷，因此每個人都很會唱歌。

阿美族做任何事都要唱歌，他們不論種地、放牛、收割、捕魚等，做一切的工作，都有特別的歌。而他們日常生活中，事事都有歌可唱，比如祈禱時唱歌；喝酒時唱歌；女人生孩子要唱歌；人死了唱悲歌……，所以阿美族嘹亮悅耳的歌聲，整天陪著我工作。我才想到，爲何不將他們美好的歌曲留下？於是我請在瑞士教音樂的神父，來台一個月，教我的傳教老師，如何將歌聲轉化成五線譜。

我當時有八位傳教老師，我給每個人一台小型錄音機，讓他們拜訪各部落時，聽見好聽的歌，趕快錄音，回家以後再以五線譜記錄。有了歌譜後，我再和傳教老師針對它是什麼樣的歌，替它找合適的歌詞——從聖詠中挑出意思相似的詩歌填上。其實阿美族的音樂，有不少只爲跳舞，所以沒有歌詞；許多洋溢歡樂的歌曲，阿美人覺得在教堂不適合，我們沒有改成聖歌。」

彭神父最遺憾的是：「阿美族有一首保護婦女和小孩的歌曲，只有一位老阿媽還記得，我正想爲她錄音，卻得到她過世的訊息。」

歌本第三百一十七頁的歌曲，是當今流行歌曲泰斗李泰祥，爲長光天主堂落成所作的歌，因爲李泰祥是馬蘭的教友，他作此曲時還未北上。彭神父還有李泰祥當年的照片，和現今模樣，還眞是判若兩人。

阿美歌本中，每一首歌都有採集人的名字，彭神父一面翻，一面指著名字說：「他退休了；他過世了……。」然而他更感嘆的是——年輕人都到西部大都市謀生，教堂越來越冷淸，有時整天見不到一個教友，阿美人的歌聲消失了，他們也不再歡樂。

目前阿美族每年的豐年祭，已是東部的重要觀光活動，可是在廿年前，不管收穫節、感謝節，儘管很隆重的舉行，卻得偷偷摸摸的在教友家門前跳舞，因爲政府和長老會都反對它的存在。這是彭神父在長濱三十多年，覺得最大的改變。當然對原住民語言受到政府和文化界的重視，更是他始料不及的。

儘管彭神父已八十多歲，也從崗位退下來，他不肯回到修院養老，反要在長濱天主堂做吳若石神父的助理，照顧他相處數十年的老朋友。雖然他對原住民語言的話題很感興趣，可是他第二天一大早，就要騎機車到更鄉下的部落做彌撒，所以到時他就睡眠，是自制力非常高的神父。他欣賞、喜愛阿美族，看來他早以長濱鄉，做爲他永遠的家。

阿美族傳統的民謠，居然都隱藏在天主教的歌本內，我想這也是一般人不曉得的趣事。有心人不妨以教會歌本做藍本，找位當年記譜的傳教老師做復原工作，這個工作還得趕快做，等會唱老歌的老人，一一過世後，就成爲無可彌補的遺憾。

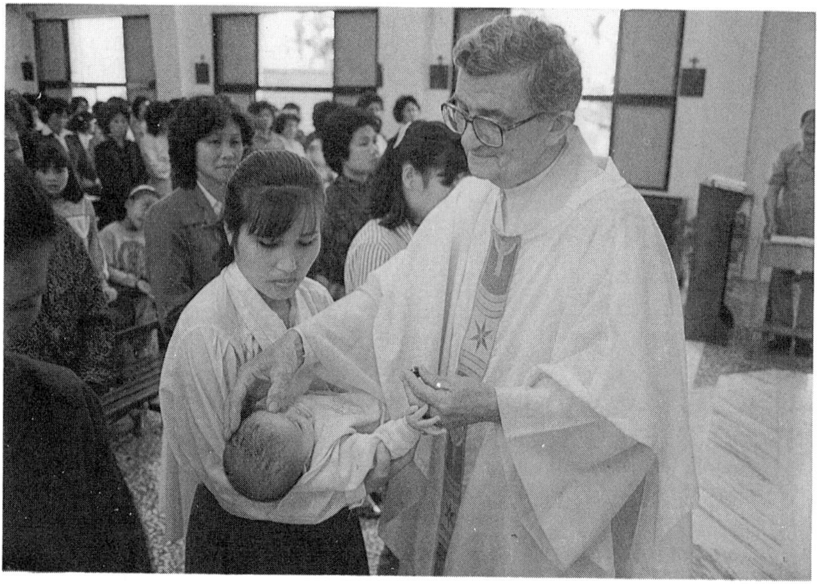

▲彭海曼神父為信徒們服務的情形

孫國棟神父小檔案：

本名：Rev.Gerardo Del Valle

國籍：西班牙

出生：一九〇七

學歷：西班牙受哲學教育、比利時受神學教育。

來台時間：一九三八，先在北京，後到安徽安慶教會工作。最後才到台灣。

來台後的經歷：在新竹縣泰雅族的山區服務。

著作：1.漢西大辭典
2.泰雅族文法

連絡電話：（035）851－014

孫國棟神父——爲泰雅話將失傳而心急

新竹縣五峰鄉和尖石鄉是泰雅族的天下，住在五峰天主堂近四十年的西班牙神父孫國棟，民國六十二年出版一本泰雅文法，這本只在外籍神父、修女間流通的泰雅文法書，早已絕版。對南島語系有深入研究的艾格里神父，看過孫神父文法書後，表示該書內容紮實，語文觀念先進，是本相當不錯的文法課本。

如果了解孫神父在語文上的造詣，對他能編出夠份量的泰雅文法，就不覺得奇異。一口標準北京腔的孫神父，國語就是在北京學習的，他在大陸待了十二年，其中兩年半學中文，由於基礎好，他閱讀中文的能力也不錯。離開北京他到安徽省蕪湖，擔任修道院的拉丁文教授（廿年前，天主教會的神父都要會拉丁文，在修士階段，拉丁文是最重要的語文課），當大陸淪陷後，外籍神父被中共驅逐出境，這些早爲中國人獻身的神父，於是陸續來到台灣（另一個中國人地區）。

民國四十一年～五十年，因爲在台灣的神父，精通各國語言的專家不少，孫神父所屬的耶穌會，於是召集三十六位神父，編寫漢英、英漢；漢西、西漢；中法、法中；拉中、中拉；匈中、中匈……等國辭典。孫神父就是漢西辭典的負責人，他們編的辭典，在民國六十六年得到西班牙政府評審的「最佳字典獎」。

現年近九十的孫神父，目前身體狀況欠佳，說話上氣不接下氣，但是精神不錯，對於他那本書，坦白地說起動機和資料來源，他說：「我是民國四十四年以後，開始研究泰雅語的文法，因爲在那以前，大部份泰雅族人都會說日語，我只靠日語就可以和他們溝通。可是後來原住民越來越少會日語，所以我寫泰雅文法，是爲幫助外國神父、修女學習泰雅話。

至於文法書的取材，大多數來自爲美國人學日文的文法書，它的內容有好幾部分，我只譯了一部份——有關東南亞文法規則。此外書中主動及被動用法，我參考馬來西亞及波尼西亞文字的規則中找出來的。我認爲這些基本的語法及材料，說泰雅話足夠了。」

孫神父如此篤定的說，因爲他對學習語言太有經驗了，他會說中、英、日、法、西、泰及拉丁文。

使用四十年的泰雅話

和泰雅族同胞生活近四十年，對全省泰雅族語言極熟悉的孫神父說：「台灣的泰雅族至少需要三部字典，以我們五峰鄉來說，本村（大隘村）和鄰村——清泉村，只有幾公里，可是兩地的話不太相同；南投和花蓮的太魯閣語系，又是另一種；而桃園、宜蘭、新竹尖石鄉及清泉等地，泰雅語言亦是自成統一體系，說來泰雅話相當複雜。」

民國四十～五十年間，和孫神父前後上山服務的神父，學習原住民語言的熱忱很高，這一批神父是原住民語言說得最好的老外。六十年代後才上山的外籍神父，可能因原住民多半會說國語，學習動機不強，孫神父感嘆的說：「我翻譯的泰雅語聖經、歌曲以及泰雅道理，以後沒有神父看得懂，留著只是佔地方，我想把它們都燒掉。」

孫神父自從住在五峰鄉後，就開始以羅馬字拼音法，將週日在教堂講的道理譯成泰雅話，而教會在星期日彌撒中使用的聖經，他也譯成泰雅語，因此他這些年所有的時間與精力，可說都用在泰雅話的翻譯工作上，小小的辦公室內，堆滿他的作品。焚書的計畫，在傳教員的阻止下保留。

孫神父以羅馬字母拼泰雅語，然而教堂泰雅語聖歌的拼音字母，居然是國語注音符號，這可是新鮮的方式。神父說：「早些年，因老人都會日語，我們以片假名來注泰雅話，後來老人少了，年輕人都會國語，所以我們以注音來代替。」的確，教友使用的歌本，片假名和注音符號並列，現在又新增羅馬字拼音，也眞難爲當地神父和教友。

在戒嚴時代，聖經公會在各族發行的聖經，都是以注音符號作拼音，天主教內，可能只有新竹、桃園的山地部落，使用注音符號。如今看來覺得荒謬的事情，在當年可是政府與民間在兩壞中，較能接受的一種模式。

神父在五峰教會幾十年，前後使用的語言不少，他仍記得廿多年前，教會彌撒從拉丁文改爲國語，泰雅族的老人說：「用拉丁文做彌撒，我們不懂，天主懂；改用國語做彌撒，我們不懂，天主也不懂。」如今用泰雅族語言做彌撒，則是老人懂，四十歲以下的年輕人都不懂。儘管教友不愛母語，孫神父認爲教堂的聖歌，要以泰雅話來唱。

▲五峰天主堂

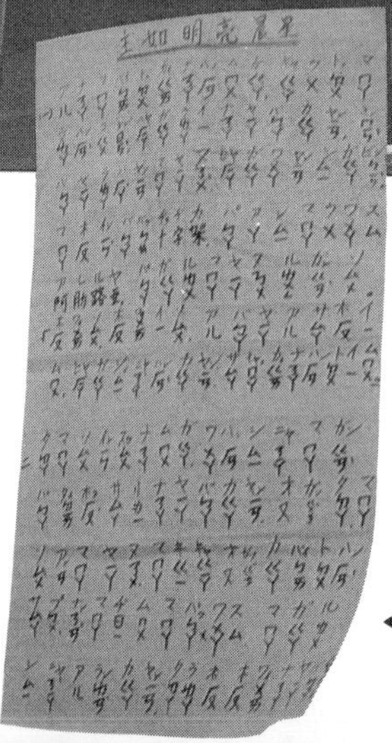

◀以日文和注音標的泰雅族歌曲

泰雅族人多半不愛母語

許多人以爲推崇國語，壓抑方言是台灣的特有現象，孫神父卻說：「我們西班牙以前也是統一語言，這幾年才開放，百姓可以自由說巴斯克話、安達露西亞話……。」

和泰雅族相處幾十年的神父覺得，政府目前推行母語，一般的泰雅人並沒有興趣，更嚴重的是：他們連在家庭中，都不使用泰雅話，因爲忙著賺錢的泰雅父母，眼中只有錢，他們早出晚歸的爲生活打拼，孩子上學也是一大早出門，天黑才返家，家人交談的機會就少，而說慣國語的小孩，父母爲遷就他們，也以國語對話，母語不知不覺的被遺忘了。

提到教育，神父很感慨的說：「山上家境好，腦袋較聰明的小孩，都到竹東上小學，據教育局統計，竹東國小的泰雅族學生有一百八十人；中山國小有一百四十名學生，而我們部落的國小，全校只有一百四十多人，就可知道山地人口外流的嚴重。最糟糕的是——這些孩子到竹東求學後都羞於承認自己是泰雅族。」經常有外地漢人到部落遊玩，問小孩泰雅話怎樣說，小孩只有到教堂找神父和客家籍的張小姐求助，「神父！這個東西我們的話怎樣說？」這個事實，怎不令神父感慨萬千呢？

神父記得多年前，有平地人到五峰鄉旅遊，見到一個泰雅兒童，自然的問他是那裡人，小孩居然捲舌說自己是「北平人」。這不是特例，許多泰雅族年輕人，想盡辦法的否認他們的標籤，自然不願說母語，於是母語慢慢的從腦海中消失。更離譜的是：部落裡的老人家都開始學說國語（爲了與孫輩溝通，從電視中學會），因此他在教堂以泰雅話說道理，只有老人懂，年輕人都不懂。在心灰意冷下，他才想把這些年，辛苦所翻的泰雅語經書、道理，堆得一人高的打字資料，全部燒燬。在傳教老師的阻止下，他才沒有採取行動。

現今學校提倡母語教學，神父也是母語教材的編輯委員，他對教學效果不看好，因爲泰雅族的下一代，根本沒有學習母語的動機。而每週一小時的母語課，和升學根本無關，有多少學生會將母語放在心頭？台灣學校的英文教育，學生讀了幾年，說與聽的能力又如何？英文還是校方重視的主科呢？英文是聯考的一科，結果都如此，母語這種可有可無的課外活動，又能發揮什麼作用？神父的結論是：泰雅語和泰雅族的未來很不樂觀。除非每個泰雅家庭，在家中徹底的使用母語。

因爲在五峰鄉的賽夏族，和泰雅族相比是少數，因此賽夏族人全部泰雅化，日常生活語言都和泰雅族人相仿，他們都忘了賽夏語，只有教會還保留賽夏歌曲。而住在苗栗縣南庄鄉的賽夏族，因人多勢衆，至少都以賽夏話爲主。由此可見，大環境對小民族的影響。

我一想到老神父以流利且標準的泰雅話和泰雅老人交談，偶而開懷大笑，那些年輕人因爲只會國語，像傻子的發楞，他們可能還對老神父如此守舊、不合時宜而嗤之以鼻的畫面，覺得很諷刺。當我又想到許多政治人物，爲母語教學催生，用意甚佳，可是在沒有學習意願的學子中耕耘，挫折必然大於成就，他們會一直堅持嗎？

後記：孫神父目前身體比兩年前好多了，由於大家開始重視泰雅族語言，他不再有孤掌難鳴的感慨。儘管泰雅族人已不愛自己的語言，可是他多年的努力，總算有人注意，重新燃起對泰雅語的熱忱。最近似乎要出版一本有關泰雅語的書籍。

巴義慈神父小檔案：

本名：Rev. Alberto Papa

國籍：義大利

出生：一九三五

學歷：神學畢業

來台時間：一九六三

來台後的經歷：民國五十二年至五十四年在新竹華語學校學國語。從民國五十四年開始在復興鄉爲泰雅族服務

著作：
1. 台灣泰雅族民謠(唱片及錄音帶)
2. 泰雅爾族語文法
3. 禮儀與山地風俗
4. 泰雅語言研究介紹
5. 過去泰雅族是否有自己的書寫文字？
6. 讓我們學泰雅語
7. 三民國小與羅浮國小的母語教材

連絡電話：(03) 382－5285

巴義慈神父——泰雅族文化的尋根者

原來泰雅文字藏在織布中

泰雅族是原住民九族中，地域分佈最廣、人口僅次於阿美族的大族。泰雅族婦女的織布技巧，是人類學者公認，在九族中首屈一指，可是很少人知道，百年前的泰雅族巧婦，所織出花紋麻布，內藏泰雅文字，記載族裡英雄故事。目前在桃園縣復興鄉八十歲以上的老媪，有些仍記得及認得一些古老的泰雅布上的記載。

近來找出泰雅文字，也讀得出內容的有心人，不是中國人，而是五十三年來台灣，五十五年就在復興鄉居住及傳教的義籍巴義慈神父。在何等機緣下，神父發現泰雅族的文字?福態的巴神父不假思索的說：「我在學習泰雅語時，注意在泰雅話中，有書（biru）這個字，我對有關書的語彙做了一項統計，竟然有廿五種語形不同的語彙。於是我想如果泰雅族從沒有過文字，怎會出現（biru）這句話，以及其他由它演變的衆多語彙?」

會拉丁文、英文、法文、中文……的巴神父，泰雅話越熟練，他越覺得它不該只有語言而無文字。他開始找尋，請教泰雅族老人家，有人告訴神父，泰雅族的古老織布上的花紋和圖畫有意義，且和生活有關。因此巴神父拿一件lukus（衣服）plmuan（繡花）即一件繡有花紋的衣服，給臉上有刺青的幾位老婦看，她們肯定的說：「這是泰雅族首長穿的衣服，因爲它繡了泰雅的文字。」

同樣的繡花衣服，巴神父拿給另一位有刺青的老人看，他興奮的說：「我的父親及祖先，以前經常穿這樣的衣服。」神父問他織布上花紋的意義，老人說：「這些花紋表示泰雅族的文字，有十多種不同的泰雅語文的花樣呢！泰雅族裡會紡織，用所繡的花紋來記敘或寫下歷史的事跡，並能把它讀出來的婦女，被稱爲Kneril bale（意爲懂事的婦女），至於不能讀出來的婦女則被稱爲Putut（意爲智力較低的女人）。

巴神父因此確定——泰雅族的文字是寫在麻布上，他更推測泰雅族的祖先，在十七世紀初年，與先後來台的西班牙人、荷蘭人接觸後，瞭解拉丁字母的世界性，開始使用拉丁字母拼泰雅語，並編織於

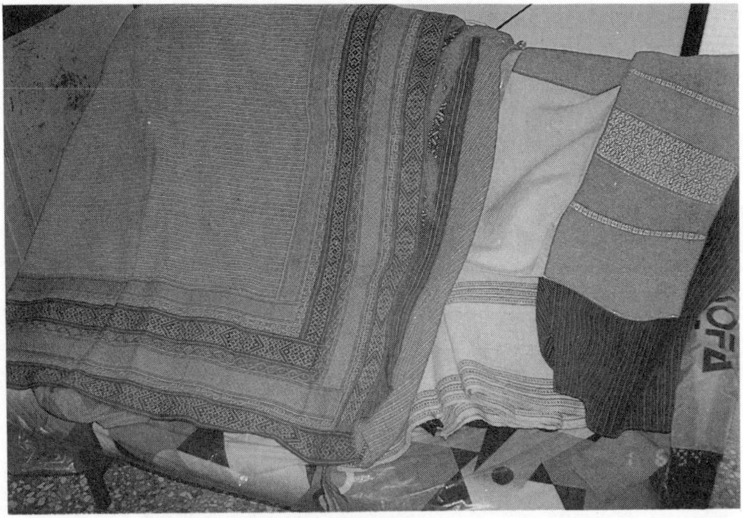

▲小小的一塊織布隱藏著泰雅族的歷史

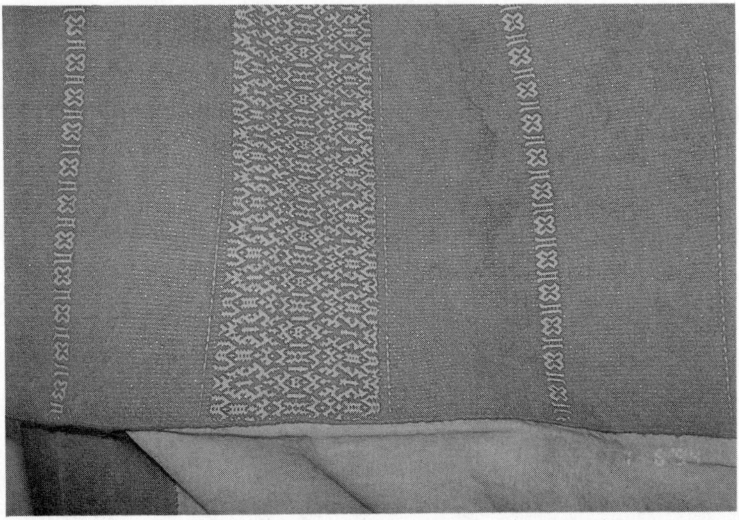

▲泰雅的老人說：「這些花紋表示泰雅的文字，還有十多種不同的花樣呢？」

泰雅族貴族穿的布匹上，直到本世紀初，泰雅族婦女仍在織布上延用拉丁字母符號，也保留以前那些屬於泰雅語文化的象徵意義。

我雖然是教友，可是看巴神父說得興高采烈，實在不忍心潑他冷水的回答：「神父，你太一廂情願」。可是當我仔細閱讀台灣天主教史後，我發現西班牙神父，在北部傳教時泰雅族的勢力已達到北部濱海地區，而西班牙神父和泰雅族之間的故事，簡直和電影「黑袍」極相似。然後我不再認爲巴神父的發現是「幻想」。

日本據台後，嚴禁泰雅族婦女使用織布機，沒收古老的泰雅族織花布，再配給成衣給他們，於是泰雅族婦女的織布文化，因此失傳。難怪我在南投的泰雅族部落奔跑多年（霧社事件後，日本軍人一定將當地所有文物消滅殆盡，也因此反日最激烈的地方，也是崇日最深的地方，這是我廿多年前在春陽部落的疑惑，如今才明白緣由），一直沒有見到像巴神父手中的精美織布，一度我甚至懷疑泰雅族人的織布技巧，有名過於實的嫌疑，難怪巴神父說我所看過的麻布，是「醜醜的布」。

泰雅族的百年悲劇

泰雅族失去的不只織布技巧，他們以首長爲中心的傳統被瓦解，巴神父惋惜的說：「泰雅族傳統部落的大頭目（Mrhu），不是世襲而是由該部落中身體最強健、打獵技術最佳、道德高尙、知識豐富的文武全才來擔任。Mrhu 的產生，可由族中長老推薦，也可因個人領導魅力而來。Mrhu 在部落內是祭祀的主持人；糾紛的仲裁人；法律

（Gaga）的執行人。對外是族人與外界溝通的橋樑；戰爭時是部落的指揮官。」

由於泰雅族人激烈的反抗日軍，以致日人死傷甚大，因此當日本政府的武力可管理山地後，他們訂定的五年理番策略，大部份的Mrhu遭逮捕殺害，Mrhu未遭毒手的部落，則採「以夷制夷」，有計劃的瓦解泰雅族傳統組織，泰雅族人因此失根，失去自我位格，沒有人告訴年輕的泰雅，他們的文化是什麼。

巴神父感慨的說：「泰雅族的傳統文化，如今只剩下婚禮殺豬，現在連語言都要消失，唉！眞是非常可惜。」

為泰雅族歌謠留下記錄

巴神父眞的很愛泰雅族，也了解泰雅族在時代洪流中，傳統文化必定消失殆盡。民國五十七年，他就在青年人中成立聖佳蘭合唱團，以練習泰雅族的傳統歌謠爲主，然後再灌製唱片保存。它的內容有先祖頌、先祖訓言、訓誨對話歌、泰雅頌、懷祖歌、子孫歌、堅強的青年、團圓曲、讚頌曲、泰雅追情曲、訴情曲、泰雅之戀、泰雅語聖誕歌、宗徒信經等，只有後兩首是宗教歌曲，歌詞介紹是泰雅語和中文並列。

這些泰雅族音樂，是我聽過的原住民樂曲中，覺得最好聽的，所以我總覺得，它是經過擅長歌唱的義大利人巴神父修改過的泰雅族音樂。可是去年在國家音樂廳的「原住民音樂採集特展」，我聽到六十年前日本音樂學者的錄音，才發現巴神父並沒有加料，泰雅族的歌謠，原來就這麼美。

這項爲泰雅族民歌保存的工作，今天不僅値得鼓勵，文建會甚至會給予經費補助。巴神父只因眼光遠，動作快，廿多年前卻犯大忌，唱片還在工廠，就被警察沒收，只有極少數唱片倖存。

談到這件令人心痛的往事，巴神父對政府沒有任何指責與批評，他像說件與自己不相干的故事——警察沒收唱片的理由是：「我們沒有向有關單位登記；唱片中的歌詞，以羅馬拼音記錄，語言是泰雅話，都不合政府的國語政策。說起第一項理由，我們實在很冤枉，因爲我爲發行唱片，專程到縣政府請教，他們告訴我，不必登記，我們

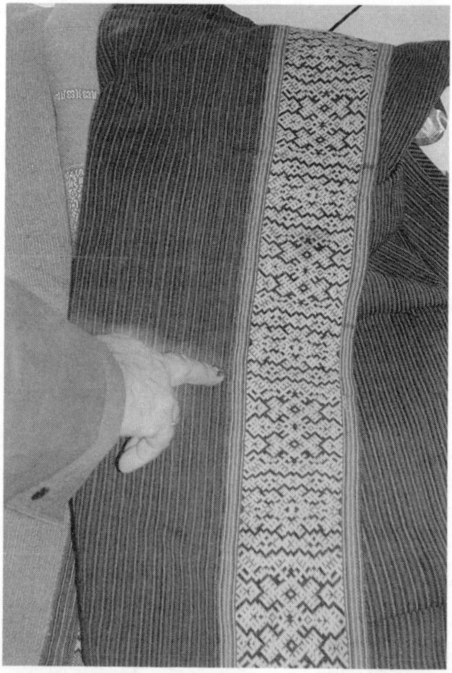

◀原來泰雅文字藏在織布中

▼三民天主堂舉辦泰耶爾族傳說與民謠。

怎麼曉得結果是沒收。泰雅族人當然要唱母語的歌謠，唱國語就沒意義，所以我們覺得沒做錯。」

對政府官員出爾反爾的做法，巴神父面露無可奈何的苦笑。倖存的「台灣泰雅族民謠」唱片，巴神父近年將它轉成錄音帶，共有兩盒，是相當可貴的泰雅文化資產。如果沒有這個打擊，相信巴神父和青年，會爲泰雅族留下更多的古老歌曲。

巴神父對泰雅族語言的認識

從唱片事件可知道在廿多年前，外籍神父爲原住民保存母語，來自政府的壓力有多大！巴神父並沒有被政府不合理的政策打倒，他依然研究泰雅語，依然和全省在泰雅族傳教的神父們連絡，組織泰雅聯誼會，輪流在各地的教堂舉行，民國五十八年，復興鄉天主堂主辦該會，在會中全體會員決定泰雅族的拼音，不再使用日本五十音，改用拉丁（即羅馬）拼音、泰雅語的教會用語統一、檢討原住民少女離家的原因及防範、在山地成立儲蓄互助社、改進農業技術等問題。

用意甚佳的泰雅族會議，由於沒有專人負責，民國六十三、四年傳到花蓮後，就無疾而終。（註：全省天主教泰雅族會議停擺的另一原因，我認爲和政治壓力脫不了關係，巴神父後來告訴我，有位在花蓮傳教，對泰雅語研究甚深的牧神父，被政府驅逐出境。）當我提起此會，巴神父相當感慨的說：「眞的好可惜，如今更不容易召集大家。」

泰雅語說得比原住民更標準、更流利的巴神父，整理泰雅語言是他另一項興趣，他在民國七十五年就出版一本「泰雅爾語文法」，和其他外國神父最大的不同——解釋都用中文，一般人看得懂。

以巴神父對泰雅語文的造詣，相信他有能力出版泰雅語辭典。巴神父卻說：「第一我的工作太忙，實在抽不出時間寫字典，連泰雅族將文字織在布上的發現，我都沒空寫論文。第二個理由是丹麥哥本哈根大學易家樂教授，已完成泰雅語大辭典，用不著再浪費時間與精力做字典的工作。」可是易教授卻認爲：「巴神父對泰雅語的知識，遠超過我所有的，因爲他常與泰雅族人來往，對於他們的語言和文化，已有深入的了解，不少有關文法和字彙的問題，由於彼此的互助，我們澄清許多疑點。」

對易教授的泰雅語辭典，巴神父非常推崇，他說：「易教授三十多年前收集的資料，不管字彙和發音都比較標準，相當不錯。」

教堂所在地的三民國小，泰雅族學生的母語教材是巴神父的作品，最近復興鄉羅浮國小，也請巴神父爲該校編寫的母語教材。對編母語教材越來越有經驗的巴神父，還爲教友設計了一百多頁的母語教材，書名爲「讓我們說泰雅話」已經付印。巴神父又計劃在教堂成立泰雅婦女織布班，讓婦女恢復傳統的技能。看來，巴神父對泰雅文化的保存，已是全方位的投入；而許多泰雅青年，對傳統漠不關心，兩相對比，令人感慨無比。

明惠鐸神父小檔案：

本名：Rev. Robert F. Baudhuin

國籍：美國

出生：一九三〇

學歷：神學院畢業

來台時間：一九五三

來台後的經歷：在南投縣仁愛鄉春陽天主堂

著作：A Grammar Of Kari Sejiq

連絡電話：(04) 371－2133

註：明神父不在台灣，此電話是瑪利諾會會館，他的著作會館可能有。

明惠鐸神父——研究賽德克語二十年

我所認識的明神父

熟悉泰雅族的人都知道，泰雅族至少需要三部字典，目前只有易家樂教授，以桃園縣復興鄉爲主的泰雅語字典，對賽德克語系的泰雅族人來說，根本沒有用處。也因此就讓人益發懷念離開台灣已廿年，曾經爲賽德克語寫教材，譯聖經的美國籍明惠鐸神父。

因爲他在四十年前就開始研究賽德克語和泰雅語，由於他精通日語，和老人沒有溝通的障礙，所以搜集了非常多的資料，廿多年前，他就在和傳教老師——春陽的徐阿德先生，共同合作出版了一本有關泰雅賽德克族的教材，有單字及例句。

二十五年前，我在台中爲「都市山胞」服務的時候，明神父非常支持，他算是半個老闆，所以我想認識泰雅族，明神父負責啓蒙。民國六十一年元旦，我就在泰雅族的部落——春陽度過，明神父帶我到部落，一家家的喝酒，讓我對泰雅族的家庭及民情有些微的認識。

那年五月，他又帶我去泰雅族公認的發祥地——瑞岩部落，我仍記得在崎嶇且下坡的山路，瘦瘦高高的明神父，他的一小步，我要走三步才追得上。一路上，神父除了告訴我，可摘取漫山遍野的紅肉李外，沒有和我說話。而瑞岩部落有人訂婚，依照傳統分豬肉活動，他只丟給我。門外有好戲上場，就讓我自動自發的做個忠實的觀察者。

於是我第一次目睹泰雅族分豬肉的情景，在沒有秤，卻力求公開公正的分割每塊肉，連豬尾巴都平分，那種有福同享的畫面，深深的鐫刻在腦版，至今仍難忘。明神父是位內向、含蓄的神父，他從沒有以專家的姿態，談論泰雅族的文化及現況，偶而會幽默的考我。記得元旦那次和他在一教友家作客，有幾個時髦的泰雅女子打門前走過，神父笑著說：「她們都在念社會大學，妳知道她們做什麼？」

我還記得明神父曾帶我到廬山溫泉的泰雅族部落，有位老先生吹泰雅族傳統的口笛。印象中，明神父曾經替泰雅族的古老樂器錄過音，也為部落裡老人留音。年幼無知的我，當年只覺得新鮮有趣，從未思索他做那些事情的意義。如今當我明白它的價值時，再追究錄音帶下落時，竟沒有人記得有這件事情。

我做神父的跟班多次，最常見的畫面是——神父和教友，張張通紅的臉，人手一杯的喝酒、低聲的講話。我不知他們說日語或賽德克語？反正我都不懂，只曉得他們不停的喝酒，我第一次知道有「雞酒」這道佳餚，就是在明神父的教友家裡遇到。所以我一直覺得在山地傳教不易，神父沒有糾正教友酗酒的惡習，自己反而先成了酒鬼，明神父就是標準的範本。

對明神父陪太魯閣人喝酒的畫面太深刻，一直我都認爲他在山上，除喝酒和爲原住民教育賣車子（在小學考初中的時代，明神父爲了幫助南投縣布農族及泰雅族國小畢業的孩童升學，賣車及向美國親友募款，在霧社天主堂辦補習班，請最好的老師爲孩童補習，吃住和所有的費用，均由神父一人負擔。後來因實施九年義務教育，明神父的補習班才結束。）我的確不知道他和泰雅族人鬼混什麼？

四年前，我到埔里鎮曾瑞琳的學生中心，當時她正在整理泰雅賽德克語，我發現她的辦公桌上，有個木製的資料櫃，長條的抽屜內，都是一手寫得十分工整的卡片。我問做語言整理工作的費小姐，是何人的傑作？她告訴我：「是明神父以前搜集的資料，卡片也都是他寫的。」

從清秀的筆跡看來，明神父在書寫時，一定非常的專心，腦筋該也很清醒，僅曾瑞琳處的卡片，我猜就要花不少時間，何況那只是他收集的一點點資料。而我卻從外表評論，一直以爲他早被酒神征服，在山上除了喝酒外，什麼都不做的墮落神父。我才發覺了解人眞是不易，所謂「眼見未必爲眞」，我爲廿多年來，對明神父的偏見覺得抱歉。可惜明神父遠在印尼，他聽不到我的懺悔。

吳叔平神父和徐阿德談明神父

明神父的好友吳叔平神父，認爲替原住民語言做記錄的外籍神父，漏了明神父，是不可饒恕的過失，因爲他的工作，直到目前還沒有人跟進。

據說印尼政府對外籍神父在印尼居住的時間有年限，滿廿年就得走人，明神父在台灣的神父朋友，以及以往的教友，都希望他能從印尼返回台灣。可是明神父告訴吳神父：「離開印尼，我決定去蒙古，因爲我喜歡山、海及沙漠，我已走過山地和海邊，最後只剩下沙漠。」

早已從教會退休的徐阿德先生，一直和明神父有連絡，明神父三年返美探親，都會順便到霧社看他。提起明神父，徐阿德說：「去年看到他，身體比以前強健，他因喉癌開刀兩三次，現在恢復得不錯。」

說到明神父和他為賽德克語努力的經過，徐阿德說：「明神父很喜歡原住民的文化，他是個非常聰明的人，特別有語言天才，會說流利的日語、國語、閩南語、泰雅族、和少量的布農話。當年他和族裡老人交談，使用的山地話，程度很深奧，我們都聽不懂。他雖然離開我們廿多年，可是他的山地話一點也沒有忘掉。」

明神父從何時開始研究賽德克語？他們怎樣合作？徐阿德說：「民國四十四年就開始做，幾乎做了廿年。神父不到台中開會，沒有特別的宗教活動，我們三人就一起做語言研究工作。也可說，明神父每天都做。」

三個人？我好奇的追問。徐阿德說：「我說賽德克話，另一個傳教老師黃三揚是瑞岩人，他說泰雅話（泰雅族內的主流語言），神父和我們一起做聖經翻譯母語的工作。」神父什麼時候做卡片？徐阿德就不知道，因爲他會看日語及讀羅馬拼音，卻沒有以羅馬拼音寫德賽克語的能力。

吳神父認爲徐阿德知道明神父收集的語言資料的去處，提到此問題，他萬分惋惜的說：「明神父收集的資料非常多，蔡貴聰神父（立委，以往擔任霧社天主堂神父，目前離開神職界。）競選議員的時候我看到，還是很多，後來好像工人清掃神父宿舍，把資料當垃圾掃掉。那時我不曉得神父的資料價值，沒有主動要求保留，現在想起來覺得好可惜。」

其實徐阿德就是有先見之明，適時搶救明神父的資料，我想樸實耿直的他，也未必能保住。因爲在七年前，他和明神父合作的那本書，居然被一個朋友的朋友，據說是學者的漢人借去，從此下落不明。

徐阿德獨自花了幾年時間，將全部的新約譯成賽德克語，他以日語拼音，卻覺得許多賽德克語，日語無法標出正確的音。由於不會改成羅馬拼音，他的著作一直無法印刷。

受明神父對泰雅族語言及文化影響的人，除徐阿德外，我想還有積極推行母語教學，編寫母語教材的曾瑞琳，爲原住民福祉奔波出力的蔡貴聰立委。他在春陽二十年，對原住民文化的關懷與努力，對人才的培育，看來並沒有白費。

▲高者為朋惠鐸神父，旁邊是徐阿德先生

周重德神父小檔案：

本名：Rev. Leonard J. Marron

國籍：美國

出生：一九二九

學歷：神學畢業

來台時間：一九五七年

經歷：一九五八年在仁愛鄉過坑，一九五九年在地利村。

著作：
1. 布農——英文字典
Bunun－English
English－Bunun Dictionary
2. 布農新約聖經
Baqlo Sinbatumantuk To Pat Asan
3. 布農語彌撒經文
4. 布農語入門——有廿四課

連絡電話：（04）371－2133

周重德神父——地利村的守護者

美籍瑪利諾會的周重德神父，在南投縣信義鄉地利村工作了廿多年，有了本地布農族神父後，他離開了地利村的傳教工作。由於喜愛地利村，布農族的乾女兒送他一塊地，他在地利村蓋了屋，有空就在地利渡假。在南投縣布農族部落傳教的神父休假，他是最好也是最願意代班的神父，我訪問那陣子（八十四年一月），周神父正代理信義鄉羅娜村的神職，經常台中～羅娜間奔波。

周神父前年在台中三民路成立原住民服務中心，為移居大台中地區（包括豐原、彰化、清水等地），各族及各宗教的原住民，提供聯誼活動及服務。精通布農族語言的周神父，前些天在豐原市爲廿五名阿美族教友做彌撒，發現有些老人不習慣使用國語，他想開始學習阿美話。

廿五年前，我在台中爲都市原住民服務時，當時都是年輕人，且都在工廠上班，由於他們的工資少，每個月只有一次聯誼活動，以歌唱爲主，再準備一些糖果餅乾就萬事OK了。當年大家都苦哈哈，因此聯誼會的開銷，都是神父負擔，我們也從不敢叫他們奉獻。

時代的確改變不少，台中除了周神父有原住民服務中心，在水湳天主堂有排灣族同鄉會。目前到都市的原住民，許多都是全家在都市定居，偶而才回山上的老家渡假。如今少有人在工廠，多半是建築工人，他們的收入高，加上不少人有轎車（至少機車，以往辦活動，交

▲從自然山林到都市叢林，適應是最大的問題，這裡是部族心靈的驛站。

▶站在服務處門外的周神父

通方便列爲第一考慮），所以聯誼會的節目不再是歌唱，如今不是郊遊就是烤肉，經費都由參與者奉獻，每次都會結餘。

也由於交通的發達，彰化、豐原和台中都連在一起，各族的人都會在台中出現，所以周神父再三強調——「我們是爲所有的族群服務，也不只爲天主教教友開放，我們爲大台中地區，所有的原住民服務。」

周神父以雙腳走遍布農部落

周神父在民國四十四、五年來到台灣，先學會閩南語，然後就被上級派到南投縣仁愛鄉的三個布農部落傳教。現在都有柏油路可直達的中正（過坑）、法治（武界）、萬豐（曲冰）三村，周神父去的時候都得靠雙腿，他說：「從過坑到武界，至少走十小時，武界到曲冰要兩個小時，沒有橋的地方要涉水，星期天整天都在趕路，只能吃晚餐，那時好辛苦。」

他後來調到信義鄉，村與村之間仍然靠走路，周神父還記得——地利村到水里要三小時半；水里至羅娜七小時；羅娜到東埔四小時；地利到日月潭四小時。他感慨的說：「現在到山上的交通太方便了！」也因爲多年的腿力訓練，六十多歲的周神父，仍有強健的體力。

深入布農族生活的周神父說：「日本時代到山地任教的老師，都是最好的老師，因爲政府鼓勵，在山上六年的年資，等於平地十年，每個月的薪水也比平地多。所以許多年輕的老師志願上山服務，沒有人想提早下山。國民黨執政後，和日本時代正好相反，在平地犯錯的老師、校長及警察，全部趕到山地或偏遠地區，也因此使得山上的教育落後，原住民受害極大，我認爲是不好的策略。」

周神父接著又說：「所以我常和台灣朋友開玩笑，我是不好的神父，才被會長派到山上服務。」

跟著助手和廚子學布農話

周神父學習布農話，有兩位老師，一是幫忙傳教的田太太，她會說國語，從小姐時就跟著神父，田太太媽媽的布農話說得非常好，不管聖經或講道，老太太都有能力指導。另一位是神父請的廚子，兩人以換工方式，神父教他說閩南語，他教神父說布農話，廚子爲神父做飯廿年，和神父極有默契，神父的布農話說錯，或引用失當，他立即糾正。周神父說：「許多人不瞭解我們的約定，覺得他很不給我面子，其實語言想學得好，不要怕丟臉。」

周神父學習布農話後三個月，就開始以布農話講道。神父說：「我從講一分鐘開始，每週進步一分鐘，現今我可以用布農話，講半小時的道理。電視未進入山區時，平時晚上一些老人家，喜歡坐在院子裡說故事，是孩子認識傳統及學習母語的最佳方式。現在呢，早沒有人說故事，大家都被電視征服，晚上再也看不到一大堆人，坐在院子裡說說笑笑。」以前每個部落都有幾位說故事高手，神父對他們是又愛又恨。神父的理由是：「他們的故事的確精彩，可是我也發現，最會說故事的人，也是最會亂蓋的人，因為大家喜歡聽講，為了掌聲，他們不由自主的在故事中加油添醋。」

布農族分散於南投、嘉義、高雄、台東、花蓮五縣，各地的布農話據說大同小異，差異的是腔調。周神父認爲，羅娜、東埔和東南部的布農話，屬於南部口音，和地利村有些差異。而仁愛鄉的布農族，周神父說是最北的布農，和地利的話差距不大，只是仁愛鄉的布農話說起來像唱歌，而地利村的布農話語調，既剛硬且快速。

交出布農語字典、聖經及布農語教材

花蓮的杜愛民神父，早在民國四十多年就編了布農語字典，就因爲和地利村的話有些出入，周神父花了十五年，於一九七六年才完成布農字典，而他費時三年翻譯的布農新約聖經，也在同年完成。他還爲學習布農語的人，編了廿四課，由淺入深，有神話及對話的教材。這幾本書都是英文和布農語對照的。

周神父並未接受過語言學的訓練，所以他開始做的時候，遭遇非常多的困難。他的字典就是單純的字與詞，沒有例句；儘管使用者不多，可是他已經修訂兩次，一九八八年修訂後有八千字，今年再重訂，補充兩千字，這本字典就有一萬字，預定今年秋天出版。

神父的字典拼音，不是國際音標，而是採英文音標，他認爲和英文相仿，很容易學習。儘管神父早就關心布農語，他也教了一些老人學習閱讀拼音文字，他的廚子就是其中一人，現已退休的廚子，唯一會讀的書，就是新約聖經。

神父很感慨的說：「有一天晚上，我從台中回部落，車經過廚子的家，發現還有燈光，平常早睡覺的他，是否生病？我下車進屋探望，原來他因睡不著，以讀聖經來消磨時間，我看了好感動。後來我想，部落裡多一些人會閱讀羅馬拼音，布農話就不會消失得那麼快，可惜大多數的布農族人，並不想學習拼音文字。」

對布農語言的保留做了如此多的貢獻，神父對布農話的未來卻不表樂觀，他無奈的說：「做這個工作有什麼用！以後放到圖書館珍藏。現在年輕的布農人，根本不說母語，我和他們交談，我用布農話，他們以國語回答，連本身是布農族的神父，都不肯使用母語。」

政府有興趣，年輕人沒興趣

從前布農族的孩子，全部會說媽媽的話，可是上小學後，校方禁

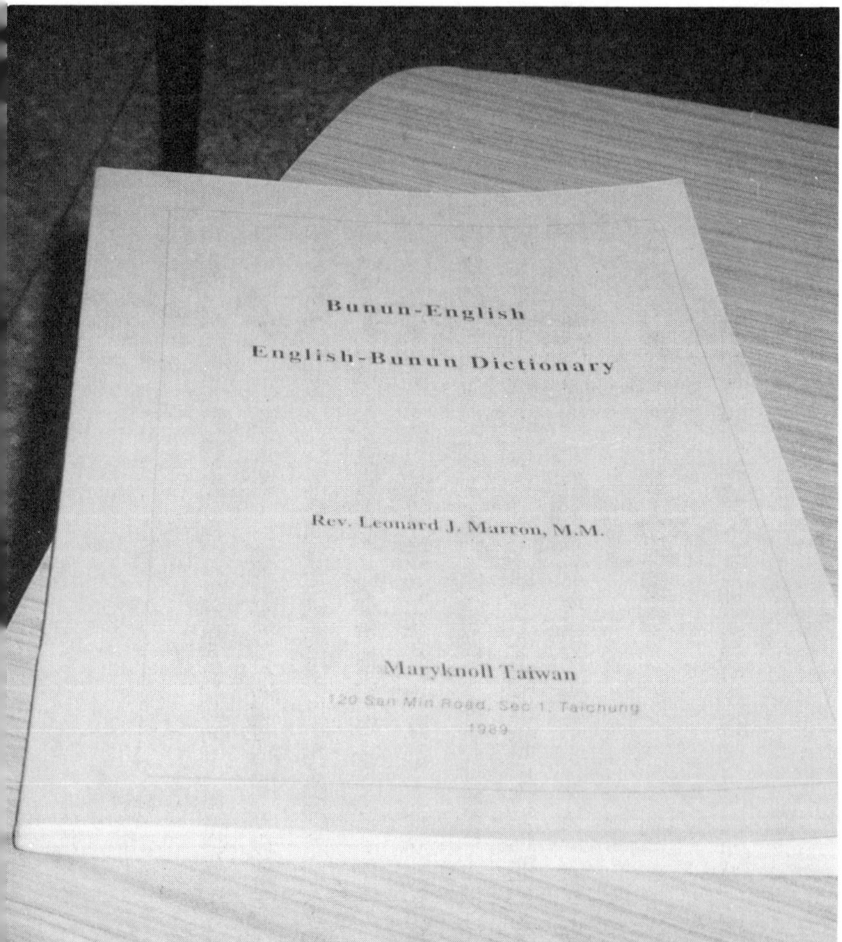

▲教會圖書館的藏書—〔布農—英語雙譯字典〕

止學生說方言，周神父還親耳聽到政府官員說「山地人沒有文化」。諷刺的是——如今政府對原住民語言極有興趣，可是年輕人沒有興趣，因爲大多數布農族孩子，因爲上國中後離家住校，所以母語使用時間，十二歲以後自然就停止。又因爲沒有和成人在山上工作，邊做事邊學習成人世界的詞彙及傳統文化，所以他們不僅忘了傳統，會的語彙非常少，所以很多老人感慨萬分的說：「我比他們的孩子會說布農話！」從前四、五十歲的人，很會說布農話（會用諺語、比喻……），今天想學布農話，要找六十歲以上的老人，發音及語彙較正確和豐富。

周神父說出這些年來觀察的現象後，感慨不止的說：政府關懷原住民語言的腳步，至少慢了三十年。今天的母語教學只有形式，效果不大，最有效是國小一年級的學生，全部使用母語，二年級後才教國語。

最近有幾個漢人，先後向神父表示學習的意願，布農族人不關心母語，反而漢人對布農語感覺興趣，這種現象及趨勢，周神父大感意外及百思不解。

吳叔平神父小檔案：

本名：Rev. Peter A. Wu

國籍：浙江省（華裔美人）

出生：一九三二

學歷：瑪利諾大學宗教教育碩士，喬治州立大學語言學碩士。

來台時間：一九六二

來台後的經歷：先後在羅厝、清水、仁愛鄉布農族三部落、及東勢天主堂服務；在台中成立都市山胞生活輔導中心。

著作：A Descriptive Analysis Of Bunun Languace

連絡電話：（04）587－3134

吳叔平神父──布農文法專家

雙贏的冬夏令營

吳叔平神父是我國第一任駐梵蒂岡大使吳經熊博士的第八個孩子，也是目前駐梵蒂岡大使吳祖禹先生，及名鋼琴家吳季札的弟弟。他雖然在中國出生，可是因父親工作的關係，成長及受教育地方不是歐洲就是美國，後來又進入美國瑪利諾會修道，自然也取得美國籍。他在民國五十三年到南投縣仁愛鄉布農族的三個部落傳教，一待廿年，布農族成為他的最愛，在仁愛鄉期間，他利用休假回美國攻讀語言，他的碩士論文就是「布農文法」，也是唯一由美國國家圖書館收藏，有關台灣原住民語言的書籍。

極欣賞布農民族性的質樸、互助、團結、好客、友善、勤勞……等的吳神父，上山後就開始做漢人（特別是大專學生）與布農族人溝通和了解的工作。每年寒暑假在三個部落舉辦冬夏令營，參加的大學生要先接受集訓，所有的經費全部由吳神父想辦法勸募。近廿年有五、六百名大學生在仁愛鄉的部落，接受布農族的洗禮，以後一直關懷原住民。以著名的曲冰遺址來說，就是一位就讀台大的山友所發現的。

吳神父對冬夏令營的活動，至今仍覺得非常成功，因爲雙重目的都達到了。我也是吳神父在此計劃中的受益人，廿五年前，我第一次和原住民接觸，就是在過坑部落，待在部落期間，神父帶我們參加村民的婚禮及喜宴，也談村民的問題，而神父的吉普車出現，不管他外出或返家，總有一群可愛的小朋友聞聲追逐，大聲的歡呼。如果神父從平地歸來，小朋友直追到教堂，甚至前呼後擁的陪神父回宿舍。

過坑的神父宿舍，建坪不大卻很舒服，據說原來是爲修女蓋的，修女後來沒上山，修女宿舍就成爲神父的家。房子雖小，但很適合個人居住，可惜因電線失火而燒燬，宿舍重建後，吳神父也離開仁愛鄉。

首創都市山胞生活輔導中心

吳神父在民國六十年底，於台中設立「都市山胞生活輔導中心」，是全省第一個爲九族原住民服務的民間組織（花蓮的法國神父，早在民國五十多年，就在台北市成立阿美族教友中心）。那時正是原住民青年大批下山謀職的階段，大多數都是未婚的男女，他們到都市只爲賺錢，根仍留在山上。也因此教會希望有人能常和他接觸；常連絡還可充當他們和父母的橋；了解他們的工作環境，幫助他們適應都會生活；以及每月固定的聚會；其實最重要的工作，是隨時救援淪落在酒吧內的原住民少女。

我就是第一個參與此工作的人，因私事只做了八個月就離職，接替的人，多半是上山服務過的山友。可能這項工作合時宜且有意義，台中市的長老會不久也成立同性質的服務中心。當時吳神父除了山上的傳教工作外，輔導中心是重要的工作，教友要下山找工作，他是兗費的仲介站，不只替教友找工作，有時還要當家長，帶十來歲的小男生、小女生到百貨公司買隨身換洗衣物。

吳神父曾說出他最糗的事——帶了幾個小女孩到台中遠東百貨公司買內衣褲，正巧見到一位修女，他不知如何向投出詫異眼光的修女解釋，只好尷尬的打招呼。當天聽他描述窘況，只覺得好笑，現今想來覺得很溫暖。

當年，吳神父就極重視山上女孩的就業，他最難過的是——大多數小學畢業的女生，不到一年就先後進入風塵。有的到北投陪浴；有的在酒吧上班……，儘管援救工作成效不大，他從來就沒放棄。儘管年年上演相同戲碼，他依然努力的爲山上的孩子服務。

台中的山胞生活輔導中心，起初借用教堂的一隅，後來搬到日式平房，因地方大又增加臨時住宿的服務，日式房屋因重建，會址又改變。雖然房子一直有問題，山胞生活輔導中心，至少活了十歲，直到吳神父離開仁愛鄉才結束服務。

他對布農話的體認

廿多年前，三個布農族部落教會舉行宗教儀式，吳神父均以流利的布農話主持，不打草稿就能以布農話證道半小時。由於彌撒中的聖歌，都是布農族的傳統曲調，全部教友開心的唱，感覺實在很美，也因此一台彌撒都得用上兩小時。對布農話一竅不通的我，經常忍受不了冗長的儀式，而宛如催眠曲的布農古調，總讓我和周公相逢。

目睹神父的工作，及教友對他的信賴，我以爲神父上山就受到布農教友的歡迎。答案卻是：「我上山那年，美援正好終止，也就是教友再也沒有免費的奶粉、奶油、麵粉可吃；內外藥品減少，他們把我和前任神父相比，認為是我害他們沒有救濟品。到教會的教友一個個減少，最後只有八個教友。而當我開始以布農話講道後，教友又一個個的回來。」

他如何學習布農話？神父說：「我的上任陳神父，對布農話的資料收集得很齊全，也非常正確。黃以郎、白阿蓮、馬阿根三位傳教老師，都是我的家教，其中武界白老師，因是頭目的女兒，她的布農話特別好，對布農的風俗掌故知道的特別多，對我的幫忙不少。」

吳神父認為，仁愛鄉的布農話很溫柔，而曲冰的話最柔，好像唱歌。三地的布農話，武界卻是最純正，因為過坑和埔里太近，受閩南語的影響大；而曲冰和泰雅族爲鄰，無形中受泰雅話感染。從布農溫柔的語調，吳神父另一感受——埔里的平地人，待人非常客氣；東勢的客家人和泰雅族卻是死對頭。

以布農文法研究獲得碩士學位

好長一段時間，神父每週六和三位老師在一起，研究如何將聖經或道理，以布農話表達，而布農話的說法及文法使用，也常商討。神父如果用錯了字彙，黃以郎老師立刻聽出，而給予糾正。訪問教友時，他也爲老人留下聲音和歌唱。

所以，他深入學習布農話，越覺得有興趣，利用休假回美國修語言碩士，碩士論文名爲「A DESCRIPTIVE ANALYSIS OF

BUNUN LANGUACE」五十八年二月完成，算是布農話的文法書。吳神父的好朋友明神父，寫了本有關泰雅賽德克族的教材，有單字及例句，他也將它譯成布農語。此外還把教會歌曲改成布農話。

然而一場大火，把他心血收集的文字及錄音資料，全部化爲灰燼。痛心之後，他很灰心。當他被迫離開過坑，投入另一個需要體力、精神的工作後，有關布農語言和文法的工作，只好擱在一旁。翻閱廿多年前的著作，他感嘆的說：「研究布農語言的工作，如果持續到今天，成績該不只於此。」

近年來許多人投入整理九族語言的工作，他認爲是可喜的現象，但是如果找的山地合夥對象（如果以田野調查的術語來說，就是報導人），年齡在六十歲以下，就得考慮他的母語能力，因爲古老的語言及詞彙，他們因長期在漢人世界謀生，早就斷根了。

最近立法院通過恢復原住民姓氏，可是現今有多少年輕的原住民知道他們的家族姓氏與命名方式？吳神父說：「過坑天主堂在陳神父時代，就爲領洗的教友，建立完整的布農拼音的家族目錄，有心人要趕快保存，可能是重要的文獻。」

至於已立法通過，將山胞名稱改爲原住民，神父極不喜愛，他的理由是：「原住民的英文爲Aborigine含有土著、非常落後的人，是含有譏諷的意味。」他的結論是：「台灣原住民的政治意義大，可是以英文來解釋，卻有貶低的意義，讓人覺得他們除唱歌跳舞外，沒有其他文化，眞不是好名稱。事實上，布農族有深度的社會意識，所以想到打破種族意識，族人又要有共識，族群中需要出現英雄人物，領導大家，同時讓漢人看出他們的優點。」

永遠懷念布農族的友情

十年前，吳神父調到台中縣東勢天主堂，由於東勢是客家人天下，他又開始學習客家話。雖然他已離開仁愛鄉多年，可是布農族教友和他的感情依然很濃，婚喪喜慶常邀他前往，而他也一直關心布農族的文化及未來，所以和他談布農族的事情，他多能掌握眞相，也因此到今天，他的布農話，依然很滑溜的「輪轉」。離東勢很近的泰雅族及語言，他反而沒有太大的興趣。

對於原住民語言的流失，神父認爲教育不改革，不取消考試制度，母語的消失，一定無法避免。

賈斯德神父小檔案：

本名：Rev.Karl Stahli

國籍：瑞士

出生：一九三七年二月七日

學歷：神哲學畢業

來台時間：一九六七

來台後的經歷：先後在台東縣大溪、鹿野、關山及高雄縣桃源鄉服務，九四年九月返瑞士工作。

著作：散見瑞士的雜誌

連絡電話：（089）323－026　歐思定修士

註：賈神父目前常在瑞士，想和賈神父連絡，只有透過歐思定修士。

賈斯德神父——將布農巫術介紹到歐洲

布農族是原住民九族中，巫術最盛行也最高明的一族，除了爲人治病、找東西的「白巫」，也有害人、放蠱的「黑巫」。這種流傳於原住民社會的神祕風俗，一般漢人通常不知道，可是就有位來自瑞士的賈斯德神父，對布農族的巫術極著迷，他特地在布農族部落生活及觀察，將耳聞目睹的巫界傳奇，記錄下來，寄到瑞士、奧地利、德國等地的雜誌發表，極受歐洲讀者歡迎。

民國五十六年來台傳教的賈神父，開始在台東達仁鄉的排灣族部落工作，因此能說流利的排灣話。後來他調到延平鄉、海端鄉工作，由於兩地是布農族天下，他又學會布農語。民國七十六年，布農族產生的神父，已可以在本地服務，他自動請調到也是布農族的高雄縣桃源鄉服務。去年（八十三年）九月，賈神父返瑞士，在家鄉的教堂工作。

獨居桃源村天主堂幾年的賈神父，日常三餐都在布農教友家庭解決，因此部落中的大小新聞，都逃不過他的耳目。而他對巫術的興趣，居然來自幼年的經驗。賈神父坦白的說：「我是瑞士的山地人，雖然我們信奉天主教上千年，可是村子裡仍然有巫婆，人們丟東西會找她們解決，比方以銅幣判吉凶，我從小就喜歡看巫婆作法，對她們玩的手法很熟悉。所以我在布農族部落，聽說巫婆的法力，覺得和歐洲的巫婆類似，所以我很自然，很感興趣的研究巫術。」

比較歐洲和布農族的巫婆，賈神父認爲：「歐洲的黑巫多，她們因著嫉妒而加害於人。好的巫婆也有，可是不太多。布農族以白巫爲多，他們多做好事，像替人找東西或看病。布農族的黑巫也很可怕，部落的大人小孩，儘量避免遇著他，免得被害。我觀察黑巫的結果是：『他們的後代，百分之百有問題。』布農族人認爲黑巫是排灣族人傳給他們，也有人認爲是鄒族人教的，傳說自然有出入。」

賈神父接著又解釋：「日據時代是有關於黑巫的記載，但是黑巫從日本時代，就沒有危險。而巫師法力減低的原因是——他們沒有住在大自然，沒有機會和樹林、河流、石頭等對話，以致失去超自然的能力。」

布農巫師的特色

布農族的巫師，原則上男、女均可擔任，因為布農族巫師的產生，藉著集體祈求上天的法力。一般說來，布農部落中，具有神力的人不少，只是各人功力有差別，以南投縣仁愛鄉的曲冰部落，從前最有名的巫師是男性，據說警方破不了的案子，巫師可以查出眞相。可是賈神父在台東縣及高雄縣的經驗：有名的都是巫婆。

賈神父說：「布農族巫師的法器是小貝殼或大理石，他們放在腰間，隨身帶著，需要時只要撫摸法器，就能發揮力量。而巫師在重要的法事前，主要的禁忌是不可吃甜食。以前花蓮有家人為財產的事，請我們村的巫婆去作法。她在執行任務前幾天禁食、禁甜味，原因是藉著少吃，使身體充滿神力，再讓祖先下來，走入我們的心靈。」

五十歲的布農族人多記得，以往種小米時，連小孩子都得禁食，直到每晚工作完畢返家，才能喝水。原因是——小米想豐收，要依靠祖先，以祖先的力量幫助後人，其次種植的工作很忙，不吃不喝效率比較高。

賈神父認爲，巫師在團體中很重要，因爲他維護家庭的健康與安全，因爲族人生病總是先請巫師，而病人情況危急，儘管已信天主教，他們仍習慣請巫師。賈神父笑著說：每次教友病危，他們的親友找我，當我趕去時，巫師已在病人前作法——先是一隻手按著病人，一隻手拿著鹿尾巴做的撣子，邊揮舞撣子，邊搖擺身體，發出「呼！呼！」的聲音。然後巫師跪在病人前，仍然一面作法，一面呼喚以往有名巫師的名字。巫師作法後，才輪到我爲他舉行天主教的禮儀。

據賈神父的觀察，這些病危的布農族人，後來多半痊癒。

布農族的傳統，巫師的生活要嚴謹、自律，爲人服務不可以主動向人索取報酬，只能隨受益者心意，如果巫師被人以金錢收買，下場會很淒慘。賈神父知道有位神力很大的巫師，因受平地人的引誘，以巫術幫助他們攻擊敵人，然後得到許多金錢，後來開始喝酒。不久，他的兒子一個個因車禍死亡，巫師的法力也消失，沒多久巫師也過世。

不可思議的布農巫術

廿多年來，賈神父收集了無數的布農巫術故事，只要有時間，他會一則接一則的敘述，興趣之濃，可以忘了吃飯和休息。

在我訪問他之前，桃源村發生一件與巫術有關的事情，令他嘖嘖稱奇。他說：「村裡有對年輕夫妻，先生要去台北賺錢，太太反對，可是先生堅持己見北上。留在家鄉的太太找巫婆想辦法，巫婆從先生用過的衣服上，剪了塊布作法。到台北才三天的先生，突然上吐下瀉，肚子絞痛，看醫生也不能改善病情。受不了病痛的先生，只好返回桃源鄉，人到了山上，所有的病苦都消失。」

這個案例賈神父認爲是正宗的布農族巫術，因爲布農族普通以「東西」爲主，而排灣族的巫術，則以「地方」爲主。以布農族巫師的拿手絕活——改變人的愛惡來說，就是以食物爲引。比方男孩暗戀女孩，但是女孩不喜歡男孩，此時男孩可請巫婆在食物中作法，如果女孩的警戒心重，法力就失效。女孩如果無意識的吃下食物，立刻改變心意，喜歡那個男孩，而這種愛戀會終生不渝。反之，讓喜歡的人，變成仇人，也可如法泡製，拆散情侶或家庭。

至於小孩被巫婆作法，以致吃不下飯，睡不著覺。賈神父研究出破解的妙方——大人以雙手抱著孩子的腦袋，爲他祈禱。

神父覺得「白巫」很可愛，教友與「白巫」的關係，他採取既不禁止，也不鼓勵的心態。至於「黑巫」，他則以教會的信仰「邪不勝正」來指引鼓勵教友。

儘管天主教禁止異端崇拜，可是賈神父認爲「巫」是原始信仰，存在各民族間，應該尊重而非排斥。由於基督教的走入山地，教會非常反對傳統文化，以及政府的漠視，布農族的巫術，因巫師的斷層，而逐漸消失，所以為布農族巫術，留下文字記錄，是當務之急。

對布農族的期望

賈神父雖然喜愛布農族，卻以很客觀的心態和其他各族比較。他直言：「布農族是高山上的游獵民族，每隔一、兩年就要換新家和農地。因流動性大，不實用的工藝品，當然不會在他們的行囊出現。所以布農族原則上，沒有雕刻和工藝，比排灣族和魯凱族差多了。」

日據時代，日本政府禁止原住民說母語、穿族服，因而沒收原住民的傳統衣著。服從性高的布農族人，百分之九十五的人，都傻傻的把衣服交出。排灣族在這點就比布農族聰明，他們陽奉陰違，偷偷的把傳統衣服埋到土裡，待局勢好的時候再拿出。這也是布農族的傳統

▲賈神父充滿陽光的笑臉

▲賈神父與布農青年

衣服，總受鄰近族群服飾影響的原因。

布農族有出名的合音，卻沒有自己的舞蹈。由於到花蓮的路好走，加上阿美族容易抓到重心，研究阿美族的學者，比布農族多了不少。而與鄒族爲鄰的布農族人，非常怕鄒族，因爲他們一直認爲，荷蘭人教鄒族人做武器，其實以前別的族，也不敢和鄒族來往。

在競爭激烈的今日台灣，布農族保守害羞的民族性，不會爲自己爭權利，註定要吃大虧。其實布農族最大的缺點是不團結，有錢、有權勢的聰明布農人，不僅將家搬到平地，家中的語言，早就改爲閩南語。如果這些布農族的菁英，不改變作風，布農族的未來，並不看好。

誰都以爲賈神父整日研究布農族的巫術，卻沒想到神父主要的工作是「傳教」。在他服務的幾個布農族部落，現在完全是布農族彌撒，經文是他翻譯及打字影印的。歷年來部落中的活動，他也都錄影存檔，生活中處處爲布農做記錄，大量的布農影像，相信讓回歸家鄉的賈神父，天天想念可愛的布農。

魏克蘭修女小檔案：

本名：Sr. Agnesina Wicki

國籍：瑞士

出生：一九二二

學歷：家事師範學校畢業

來台時間：一九六〇

來台後的經歷：在台東市及長光服務

著作：阿美族的舞衣製作。

連絡電話：（089）931－428

魏克蘭修女——南部阿美舞衣的設計師

台灣九族的傳統服飾，以阿美族的衣服，最爲大家所熟悉。阿美族衣服能讓人印象深刻，該是以紅爲主色，正合漢人及外籍觀光客的胃口；而輕便的阿美服飾，比任何族的衣服更具舞台效果；和排灣族沉重的傳統服飾相比，它眞是輕便極了，因此阿美族的打扮，幾乎已成爲原住民歌舞表演的代表。

目前我們見到的阿美族服飾，爲花蓮南勢阿美族的樣式，南邊台東的阿美族服飾就不同了。其實阿美族的傳統服飾的顏色爲黑色，不是我們目前熟知的紅色，色彩的改變在民國五十年前後。在花蓮縣住了三十多年的法籍馬優神父說：「我剛來的時候，他們的衣服以黑色爲主，因爲阿美族喜歡歌舞，我們常在教會前廣場舉行歌舞晚會，生意人後來發現阿美族的表演有商業價值，於是在花蓮市郊成立『阿美族文化村』。也因爲生意，大家發現上台演出，紅色比黑色好看，於是全變成紅色，我來的時候，他們的服裝還是黑色的。」

後來，我陸續得知阿美族是個吸收能力高的民族，他們的傳統就是「求新求變」，所以衣服由黑色變紅色，是件很正常的習俗。雖然同是阿美族，南邊「台東」的阿美族，語言、服飾、個性都有明顯的不同，以傳統服飾來說，北邊的南勢阿美一直保留得很好，目前擔任花蓮教區副主教，南勢阿美籍的曾俊源神父說：「傳統節日，我們習慣穿以前的衣服。」

所以，當讀者見到台東地區的阿美族跳舞節的服飾，居然和日常所熟悉的樣式迥然不同，千萬不要大驚小怪，因爲他們原來就不同。或許你會發覺，他們的舞衣較無原住民質樸的風味，反而充滿現代感，原因在於他們的阿美服飾，是瑞士修女魏克蘭的重新創作，魏修女的作品，在當地人眼中，是第一名牌，很不容易得到呢？

創作阿美族舞衣的動機

今年七十四歲的魏克蘭修女，瑞士人，家事師範學校畢業，從瑞士到台灣，她一直擔任家事老師。三十多年前來到台灣，先在台東市區服務，二十五年前，她到台東縣長濱鄉長光天主堂服務，她在教堂成立「裁縫班」，除教導婦女自己做衣服，同時給婦女上各種對家庭有益的課程。

魏修女回憶的說：「我到長濱時，部落裡大部份的婦女都是文盲，所以我開始時，先教婦女簡單的加減法、記帳、做菜、教理及拼阿美字等活動。後來，農會、鄉公所也請我教婦女打毛線、鉤花，可是婦女們白天都要下田工作，回家要養豬、煮飯、照顧孩子等瑣事，她們沒有精神和體力，好好的跟我學習。」

裁縫班早隨時代的變遷而消失，魏修女感嘆的說：「才廿年，部落有驚人的大改變，現在的女孩，至少有國中學歷，高中畢業的女孩也不少。年輕人都到西部城市謀生定居，部落裡的人越來越少，以前一輩子不出門的阿公、阿婆，如今經常到台北、高雄等大地方看望子女或親友，部落成爲旅館，所以需要天天餵養的豬，早就從部落消失了。」

說起爲阿美做舞衣的動機，修女開心的說：「台東的阿美族，每年從七月到八月是跳舞季，部落間像接力賽，一村村的輪流跳舞。我來到這裡，第一次參加跳舞會，就喜歡他們的歌舞，接著我發現他們的背袋，上面繡的圖案很精美，我覺得好美。然後我又注意到，每個部落穿傳統服飾跳舞的人，頂多一、兩個人，我覺得他們的傳統服飾很漂亮，不穿實在可惜。於是我問婦女，爲什麼不穿舞衣？她們告訴我『馬蘭有人賣舞衣，但太貴了，我們買不起。』

我希望跳舞會，每人都穿上阿美族衣服，首先是降低阿美服飾的價格，所以我想先設計新的式樣，教部落的婦女做，如此一來，她們除可擁有漂亮的舞衣，或許還可做來賣給其他的婦女，增加家庭收入。於是我到台東市，買布料和亮片，然後找婦女幫忙做，可是沒人肯動手。」

她只好自己先做幾件阿美舞衣，走訪各部落招募願意學習的婦女，終於有三個婦女肯跟她學習。魏修女的阿美舞衣工作坊，也因此成立，沒有幾年，長濱周圍阿美部落的跳舞會，參加者都穿上漂亮的傳統服飾。

魏修女的阿美族舞衣特色

魏修女爲阿美族的男女老幼，不只設計舞衣，連頭飾、腳飾都一併創作，如此才有整體美。她的靈感除了欣賞阿美族舞蹈外，同時也常向部落裡的老人，請教古老的圖案。南部阿美偏愛黑色和紫紅色，

▲七十四歲的魏修女騎著機車在山上奔波，而暑假每天上午陪伴這些阿美孩子，教他們宗教知識、手工、設計、和遊戲。

◀魏修女設計的舞衣

於是她在服飾色彩上，表現濃郁的阿美風味，因此她便宜又出色的舞衣一問世，立刻贏得阿美人的好感，她成爲最受歡迎的舞衣師傅。

魏修女創作的阿美族舞衣，儘管加入阿美族老人的意見，可是仍有她個人的影子，因爲舞衣的手工和花樣，實在很精緻。她相當重視繡花及縫亮片及珠子，舞衣顯得優雅極了，難怪一推出就轟動阿美族部落。

這些年來，修女的學生，有的人自立門戶，爲了搶生意，把舞衣帶到跳舞現場出售。對這種情況，魏修女不僅不生氣，反而覺得「孺子可教」，因爲阿美族婦女懂得靠傳統服飾賺錢，是進步及可喜的現象。

雖然魏修女工作坊的競爭者增加，魏修女的金字招牌已深入阿美族人心中，因此每年跳舞節前，修女的訂單多得做不完，不少客人催了幾次，還是拿不到舞衣。

對於客戶的埋怨，修女無奈的說：「我每天有做不完的工作，上午帶小朋友玩，下午探訪生病的教友，還要祈禱、望彌撒，實在抽不出時間做，而兩位幫忙的太太，一位小姐早就忙得不得了，找人又很困難，所以我也想不出更好的辦法。」

如今（民國八十四年），魏修女工作坊已很少做舞衣，她說：「現在部落很多婦女自己動手做舞衣，很少人向商人買。有的婦女還到高雄、台北阿美族集中的地方招攬舞衣生意，加上政府鼓勵，我覺得已經達到我當初的目的，很好。」

為阿美族的未來發愁

從前，台東縣的阿美族大多沒有自己的族服，如今，部落裡每人至少有一套，有的婦女還再添購花蓮縣阿美族的舞衣呢！以往長老會對阿美族的跳舞節，非常反對教友參與，每年大家舞興正濃時，常會見到牧師衝到舞群中，把違反規定的長老會教友拉出圈外。

自從政府重視阿美族傳統節目及文化後，長老會的牧師從反對變爲贊同，開始和部落的族人，一起唱歌跳舞；牧師娘是魏修女工作坊的忠實客戶。原住民文化受到政府及社會的重視，魏修女自然很開心。

可惜的是——魏修女發現留在部落裡的阿美族青少年，他們竟然不會說阿美話、唱阿美歌，所以她又開始鼓勵及誘導孩子以說母語爲榮。暑假期間，她爲小學生辦的活動，除了傳授教會的知識外，說唱阿美話是另一要求，她更教男女學童做阿美族的傳統背包（裝檳榔及工具的隨身小包包），以及背包上的十字繡。

永遠工作的魏修女

魏修女在長光天主堂，除了頭幾年有一位修女和她同住，其他的時間都是獨居，這在修女是非常罕見的特例。因爲修女一般都是兩人，很少單飛。她敢破除傳統，靠自己能力養活自己，而且還能騎機車，走遍山上的部落。眞是現代女性的楷模。

魏修女也是力行環保理念的人，她能自製不錯的土司，一般點心自然更棒。她只要空閒，總有工作做，因此日子充實得讓她忘了年齡。

台灣原住民系列 · 新書推薦

猴子與螃蟹

台灣原住民山林傳說故事

矮靈祭、紋面、雲豹的傳人，或是排灣族的百步圖騰、泰雅族的鳥卜……都是常聽見的關於台灣原住民的印象，但你知道這些故事的來龍去脈嗎？
這一本台灣原住民山林傳說故事，記錄了這些十分有趣、美麗動人的傳說，讓您更深入台灣原住民的美麗思維與深刻文化。

● 林淳毅（漢）◎編寫 ● 阿邁 · 熙嵐& 瑁瑁 · 瑪邵（泰雅族）◎繪圖 ● 定價200元

山野笛聲

泰雅人的山居故事與城市隨筆

收錄作者部落族人、山上家人，以及城市友人的生活故事，裡頭有對大自然的戀戀情懷、幼兒的熱情關愛、族人的眞情流露，與家人的親暱相愛，流露往返部落與城市間歡喜與憂慮。

● 里慕伊 · 阿紀（泰雅族）◎著 ● 定價250元

黥面

布農族玉山精靈小說

本書共收錄九篇小說，貫穿其間的山之精靈圖騰意象，在在透顯霍斯陸曼 · 伐伐所塑造的玉山精靈圖騰，已經不是單純的布農神話傳說之詮釋，更展示了布農族最眞實、最內斂的民族靈魂。

● 霍斯陸曼 · 伐伐（布農族）◎著 ● 定價250元

台灣原住民系列・好書選讀

母親，她束腰

泰雅族母愛的故事

這是一個關於泰雅母愛的故事，她用頭巾把肚子綁緊，減輕餓的感覺，忍下肌腸轆轆的挨餓之苦，換來兒女溫飽。一個緊緊繫腰的動作，綁住了肌餓，同時也釋出母親對兒女全部的愛。

● 歐蜜・偉浪◎文字　● 阿邁・熙嵐&瑁瑁・瑪郚◎繪圖
● 定價250元

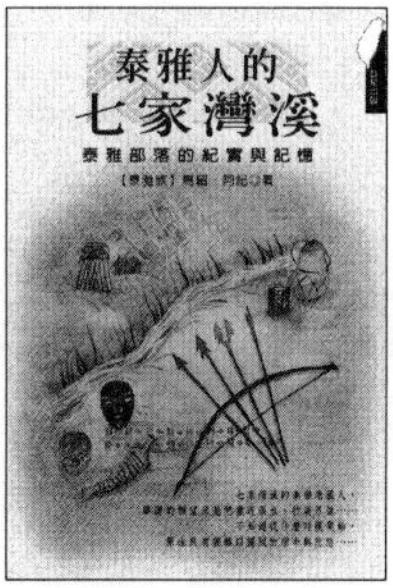

泰雅人的七家灣溪

泰雅部落的紀實與記憶

訴說著作者山中故鄉與故人的故事，蘊含著泰雅人曾經之神采、如今之落寞。反覆沉吟、思索原住民的生存處境：與大自然搏鬥竟然比處於文明社會容易的多。

● 馬紹・阿紀（泰雅族）◎著　● 定價200元

伊能再踏查 2000年台北捷運推薦好書

記憶部落族群的泰雅詩篇

瓦歷斯以詩的語言，隨著日人伊能踏查日記的行蹤，在記憶中翻山越嶺，再探勘一遍這令人戀戀不捨的福爾摩沙，牽掛氣息微弱的原住民文化，慨嘆族群命運。

● 瓦歷斯・諾幹（泰雅族）◎著　● 定價200元

台灣原住民系列・新書推薦

最後的獵人

一個英勇武士在荒野中的夢與失落，布農族醫生的打獵手記

收入〈拓拔斯・塔瑪匹瑪〉、〈最後的獵人〉、〈侏儒族〉等八篇小說。展現出布農族的奇妙文字音韻，以及豐厚族群性和生活性，更有深刻的文化思考。

● 拓拔斯・塔瑪匹瑪(田雅各) (布農族)◎著 ● 定價180元

蘭嶼行醫記

布農族醫生的蘭嶼經驗

此書是拓拔斯在醫療設備極簡陋的蘭嶼島3年8個月的行醫手札。一篇篇幽默且蘊意深沈的文字說明他驅逐蘭嶼病痛的經過。藉由拓拔斯之眼，我們看到了達悟族人的純樸與天真，誠懇與樂天！

● 拓拔斯・塔瑪匹瑪(田雅各) (布農族)◎著 ● 定價200元

情人與妓女

體悟原住民遭遇的短篇小說

收錄十篇描摹原住民處境的短篇小說，作者以手術刀般冰冷的文句，刻劃出一道又一道令人悲哀又憤怒的事件，原住民的生命情境在此筆刀刻劃下一覽無遺。

● 拓拔斯・塔瑪匹瑪(田雅各) (布農族)◎著 ● 定價170元

台灣原住民系列18

讓我們說母語

作者　王 蜀 桂
文字編輯　莊 元 生
美術編輯　王 美 蓉

發行人　陳 銘 民
發行所　晨星出版有限公司
台中市407工業區30路1號
TEL:(04)23595820　FAX:(04)23597123
E-mail:service@morningstar.com.tw
http://www.morningstar.com.tw
行政院新聞局局版台業字第2500號
法律顧問　甘 龍 強 律師
印製　知文企業（股）公司　TEL:(04)23581803
初版　西元1995年10月30日
西元2005年3月15日　二刷

總經銷　知己圖書股份有限公司
郵政劃撥：15060393
〈台北公司〉台北市106羅斯福路二段79號4F之9
TEL:(02)23672044　FAX:(02)23635741
〈台中公司〉台中市407工業區30路1號
TEL:(04)23595819　FAX:(04)23597123

定價 200 元
（缺頁或破損的書，請寄回更換）
ISBN 957-583-497-6
Published by Morning Star Publishing Inc.
Printed in Taiwan

國家圖書館出版品預行編目資料

讓我們說母語／王蜀桂著. －－初版 －－臺中市：
晨星發行；臺北市：知己總經銷，民84
面；　公分.－－(台灣原住民系列；18)
ISBN 957-583-497-6(平裝)

1. 臺灣原住民母語

802.99　　　　84008628

◆讀者回函卡◆

讀者資料：

姓名：＿＿＿＿＿＿＿＿＿ 性別：□ 男 □ 女

生日： ／ ／ 身分證字號：＿＿＿＿＿＿＿＿＿＿

地址：□□□＿＿＿＿＿＿＿＿＿＿＿＿＿＿＿＿＿＿＿＿

聯絡電話： （公司） （家中）

E-mail＿＿＿＿＿＿＿＿＿＿＿＿＿＿＿＿＿＿＿＿

職業：□ 學生 □ 教師 □ 內勤職員 □ 家庭主婦
□ SOHO族 □ 企業主管 □ 服務業 □ 製造業
□ 醫藥護理 □ 軍警 □ 資訊業 □ 銷售業務
□ 其他＿＿＿＿＿＿＿＿

購買書名：＿＿＿＿＿＿＿＿＿＿＿＿＿＿＿＿＿＿＿＿

您從哪裡得知本書： □ 書店 □ 報紙廣告 □ 雜誌廣告 □ 親友介紹
□ 海報 □ 廣播 □ 其他：＿＿＿＿＿＿＿＿＿＿＿＿

您對本書評價：（請填代號 1. 非常滿意 2. 滿意 3. 尚可 4. 再改進）

封面設計＿＿＿＿＿版面編排＿＿＿＿＿內容＿＿＿＿＿文／譯筆＿＿＿＿＿

您的閱讀嗜好：

□ 哲學 □ 心理學 □ 宗教 □ 自然生態 □ 流行趨勢 □ 醫療保健
□ 財經企管 □ 史地 □ 傳記 □ 文學 □ 散文 □ 原住民
□ 小說 □ 親子叢書 □ 休閒旅遊 □ 其他＿＿＿＿＿＿＿＿＿＿

信用卡訂購單（要購書的讀者請填以下資料）

書名	數量	金額	書名	數量	金額

□VISA □JCB □萬事達卡 □運通卡 □聯合信用卡

- 卡號：＿＿＿＿＿＿＿＿＿＿＿＿ •信用卡有效期限：＿＿＿＿年＿＿＿＿月
- 訂購總金額：＿＿＿＿＿＿＿＿元 •身分證字號：＿＿＿＿＿＿＿＿＿＿
- 持卡人簽名：＿＿＿＿＿＿＿＿＿＿＿＿（與信用卡簽名同）
- 訂購日期：＿＿＿＿年＿＿＿＿月＿＿＿＿日

填妥本單請直接郵寄回本社或傳眞(04) 23597123